大島誠一

Oosima Seiichi

戦争回路

風媒社

戦争回路

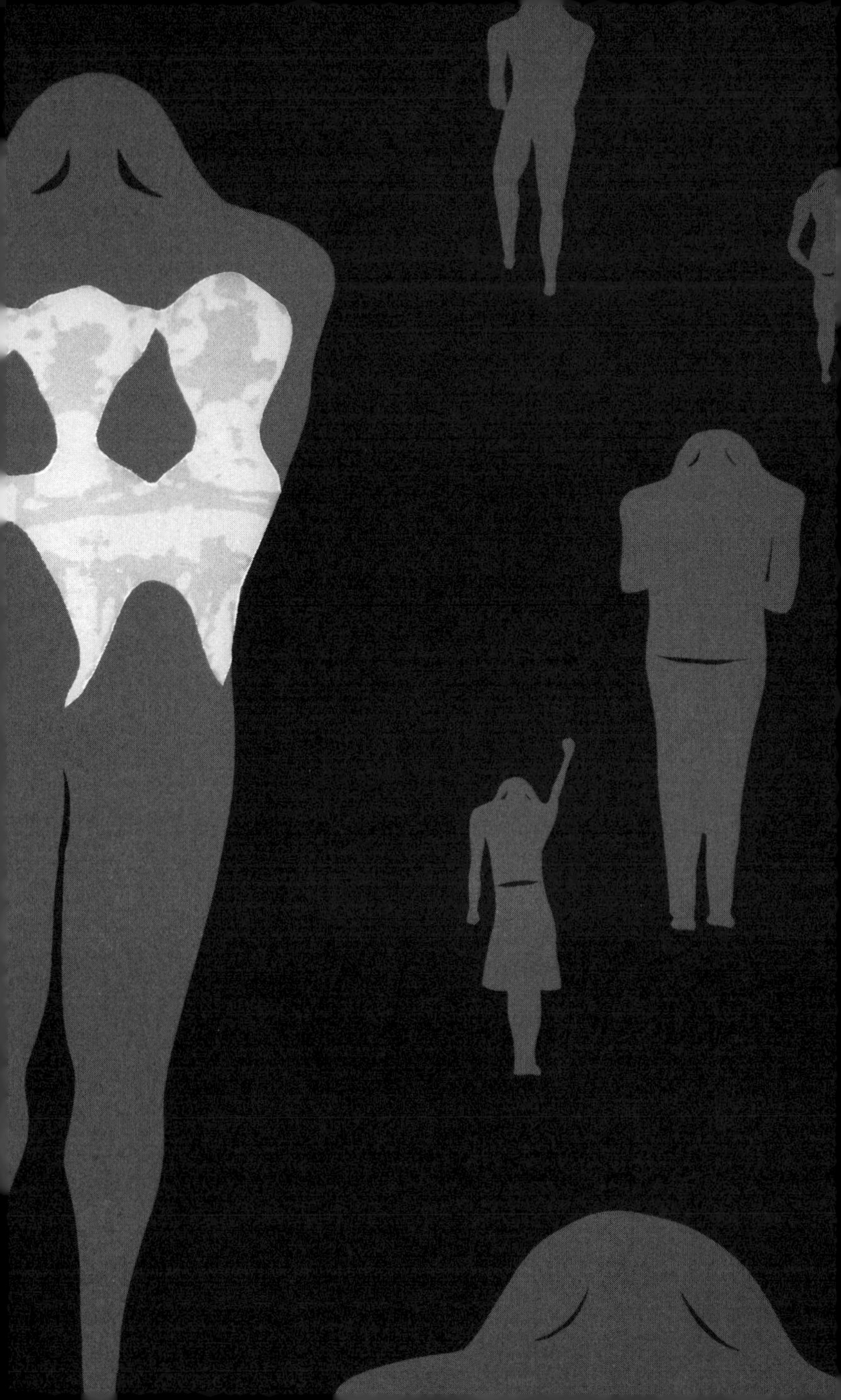

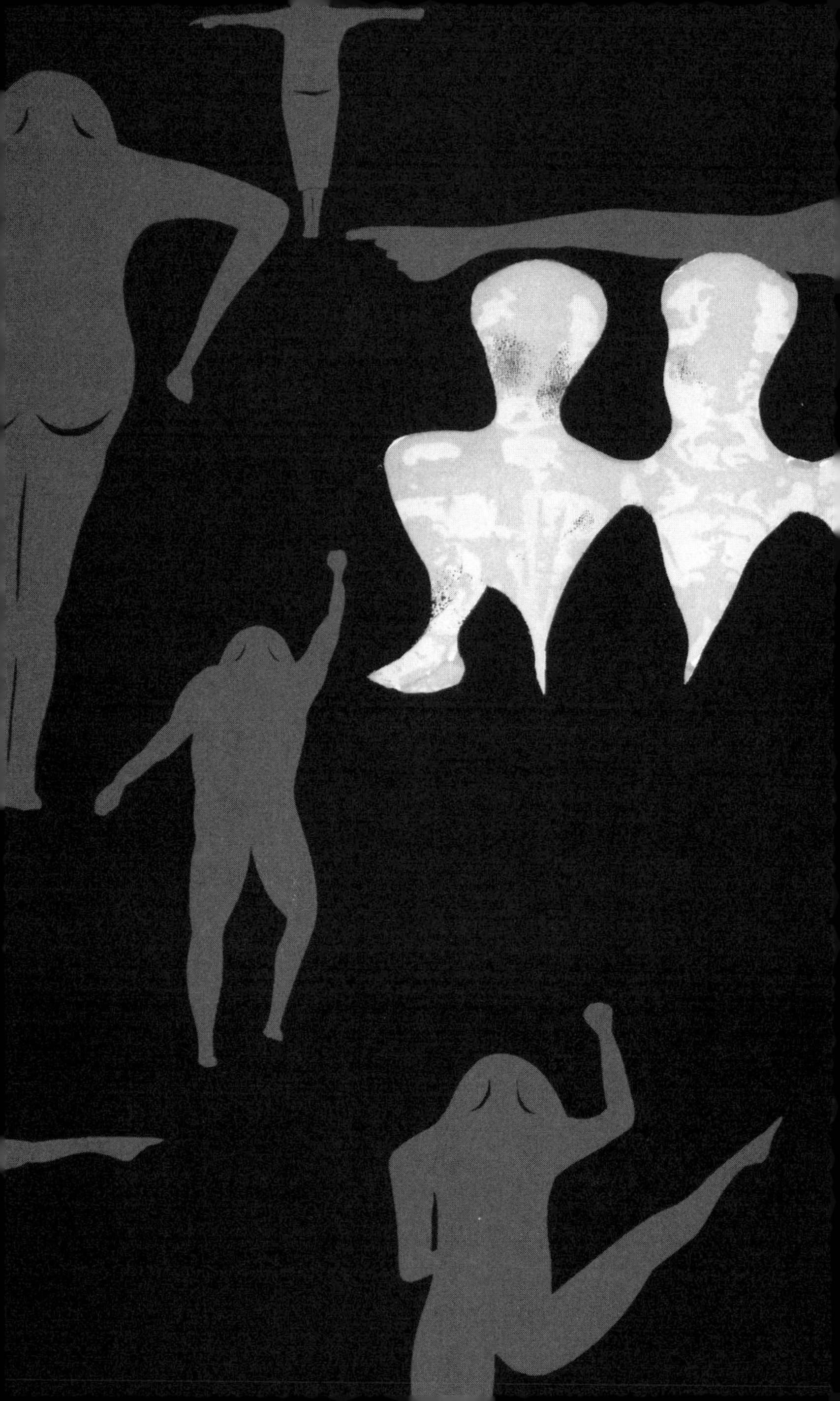

1

二〇二二年二月二四日、突拍子もない、耳を疑うような報道が世界を駆けめぐった。

核保有国ロシアが隣国ウクライナに軍事侵攻したという暴挙だ。地球上陸地面積の一割強を有する大国が、二十八分の一ほどしか広さのない国に雪崩を打って攻め込んだのだ。進軍の目的地は首都キーウだ。

大義名分のあらましはこうだ。ウクライナ国内にあって迫害を受けるロシア人がいる。彼らの命と人権を守るために国境を越えた軍事力行使に至った。これは侵略ではなく、同胞を守るための特別な軍事作戦である。

独りよがりのこの主張は、隣国に居住するロシア人の命と人権を守るために、ウクライナ人の命と人権を踏みにじり、ないがしろにしている。

冬たけなわ、凛冽な冷気のなか、大勢のウクライナ民間人と兵士が命を奪われ、そして大勢のロシア軍兵士も命を落とす。数えきれない悲劇が生まれる。ウクライナ人にも、そしてロシア人にも。

意表を衝く乱暴な報道に触れたクラウスナー夫人は、ロシア大統領が繰り出す言葉のなかの、ネオナチという表現に息をのんだ。

まさか百歳を迎えた二十一世紀の今、ナチスの亡霊とも思える言葉に巡り合うとは思ってもみなかった。悪寒と怒りで胸が掻きむしられる。

ただロシアの言うネオナチは、眉唾物に決まっている。クラウスナー夫人は微塵も揺るがない。ロシアは平気で二枚舌を使う。

ロシアが言い立てるネオナチはウクライナ国内にあって、少数派のロシア人を追放しようと圧迫するウクライナ人たちの一団を意味するらしい。いわばウクライナの民族主義者だ。彼らが暴力的手立てをもって、ロシア人を追い詰めているという報道に、クラウスナー夫人はついぞ耳なじみがない。

歴史を見れば……クラウスナー夫人は瞼《まぶた》を合わせる。どんな時代にも……民族主義者と称する集団は存在する。あらゆる国に。たとえ民族主義者をうたわなくとも、人が愛国心を持つのは自然な心情だ。自身を育んだ自然や文化をいとおしく思う。それを愛国心と呼ぶのなら、愛国心はやさしく美しく穏やかであるはずだ。現に、自分の愛国心は一点の疑いなく清澄だ。血なまぐさい香りとは無縁なのだ。リトアニアにあっても、カリフォルニアにあっても。

ところが、そのいとおしむべき愛国心を、悪魔の毒牙に変容させた不届きものがいた。第二次世界大戦でナチス・ドイツを率いたアドルフ・ヒトラーだ。

その名を思い浮かべると、八十年を経た今でさえ、クラウスナー夫人は全身が震える。そしてこんにちただいま、その震えが憤りとともに鮮やかによみがえる。

半世紀前、ウクライナの名は群生する大輪のひまわりとともに、クラウスナー夫人の心に刻まれた。戦死したはずの夫の消息をたどるイタリア女性が、あたり一面を埋め尽くすひまわりの花の中を彷徨う。彼女の健気で儚げな心情と好対照をなすひまわりの花の輝かしさ。忘れられない映画の一場面であった。

その土地が焦土と化す。ロシア軍が放つ砲弾によって破壊され尽くす。クラウスナー夫人は涙が込み上げてくる。ウクライナに暮らす人々が命を落とす。大勢のユダヤ人もまた命を落とすだろう。

2

一九四十年一月、十九歳のサラ・バークマンは、二歳年上のウィリアム・クラウスナーと結婚した。リトアニアの首都カウナスが、日々冷気に包まれる厳冬に生まれた、年若い夫婦である。

　前途洋々たるべき将来を手にした若い二人のはずだった。しかし、たったひとつ気がかりがあった。ヨーロッパを破竹の勢いで蹂躪するナチス・ドイツだ。

「噂は本当かしら？　ナチスが併合したポーランドの国内に巨大な強制収容所を作ったんだって」

「ソ連もポーランド分割で我が物にした地域に収容所を建てているんだろうな。反逆者を一網打尽にするつもりなんだ」

　シチュウの匂いが鼻から胃袋に注がれる。中身の具材は日ごとに粗末な物になる一方だけれど、胃袋が満たされるだけ、まだましなのかもしれない。

　ウィリアムは新聞に目を通しながら、ささやかな幸せを感じる。東部戦線に生きる人々は、混乱の真っただ中にある。くつろぎどころか、食べ物にさえありつけないかもしれない。事態は急迫しているのだ。

　戦況報道の末尾で記者は、一刻の猶予もなく、援助の手を差し伸べるべきだと結んでいる。その思いは皆が共有する願いだ。ただ自分たちには、他人を助けるゆとりがない。ウィリアムはガックリ肩を落とした。それから戦況報告の片隅にある、囲みのコラムに目がとまった。

　それは強制収容所に送り込まれる人間の罪状が、少しずつ変化しているという内容だ。

一九三九年頃までは、ナチスに反逆する共産党員や社会民主党員など政敵、政治犯が多かった。ところが戦線の拡大とともに、国家の敵と見なされる、ありとあらゆる犯罪者が送り込まれるようになっているという。裁判手続きの面倒を省き、戦闘に国力を集中するためだというのが筆者の見解だ。

そして更に憂慮すべき記述が続く。詳細で適法な犯罪捜査の省略とともに、犯罪者として強制収容所に送られる人間の多くが、ユダヤ人とジプシーであるという指摘だ。犯罪をしでかした者ではなく、犯罪を引き起こしそうな者たちを予め一人残らず収容所に閉じ込めようと考えたのだ。結果、捕虜とともに、ユダヤ人とジプシーで収容所が満たされるだろうと断言している。

「ヒトラーが僕たちユダヤ人を目の敵にする理由は何だろう？　不思議に思ったことはないかい？」

新聞から顔を上げると、照明に映える頭髪が一瞬振り返った。

「だいぶ前だけど、カウナスに住むドイツ人どうしの会話を小耳にはさんだことがあるわ。失礼なヒソヒソ話だったけど……」

「ゲルマン民族でないユダヤ人とジプシーは物分かりが悪いとでも……」

「いいえ、私たちは故国を持たない小ずるい民族性の民なんだって。ずる賢く立ちまわって金儲けが何より得意なんだって。失礼しちゃうわ」

「差別がそうさせたんだよ。やもう得ない選択だったんだ。善良な市民にさげすまれる高利貸という商売もいとわず、一部のユダヤ人は金儲けが得意になった。金儲けにのみ血道を上げるのがユダヤ人だと揶揄される」

「ゲルマン人たちのおこぼれに預かっていればよいものを、いつの間にか彼らを凌ぐごうつくばりの成金がうじゃうじゃ。腹立たしいったらありゃしないってとこかしら」

「目立っちゃあいけないいんだな。僕らはその点安心だ。貧しいし、地位も権力もない」

自慢するとこじゃないわ。苦し紛れの言い訳ね……苦笑しながらそう言って、サラはシチュウ鍋をテーブルに運んだ。

「お父さんとお母さんは、極楽とんぼの見本みたいな人たちだよ」

鍋越しに喋るウィリアムは、あきらめ顔を隠さない。

「暢気《のんき》ものと言いたいのかしら？　我が両親を」

「僕の親だって同じ。危機意識が足りないいんだよ。いまだにワイマール憲法を頼りにしている。もうとっくの昔にナチスは、かの憲法を破棄しているというのにだよ」

「たしかに、ワイマール憲法は私たちにとって希望の星だったわ」

「ユダヤ人が差別されない世の中なんて、幻想だった。中年世代は、ナチスを侮ってはいけないと思う。何世代もこの地で生きてきたのだから、ずっと安心して生きられるとは限らない。今このとき、ロシアに攻め込まれているフィンランド人と同じさ」

「お父さんやお母さんたちにその気などないわよ。あなたがこの頃口を酸っぱくして言っているリトアニア脱出なんていう大冒険」

「僕の両親にしたって同じだよ。まるでこの地が約束の地でもあるかのようにしがみつこうとしているんだ。リトアニア脱出なんて口走ったら、若者の向こう見ずだと一刀両断だよ。安住の幻を追っているんだ」

ナチス・ドイツが東ヨーロッパの大半を支配する勢いが止まらない。オーストリア併合に加え、ポーランドがドイツとソビエト・ロシアによって分割された。

かつてない異常事態であるとの判断は容易につく。ただ、自分たち平凡なユダヤ人が、この地を捨てざるを得ないほど切羽詰まった危機なのか、サラは懐疑的だ。まして、ポーランドをかすめ取るような卑劣なソビエト・ロシアと、平和を願う英仏が笑顔で手を組むようなことは、まかり間違ってもあり得ないだろう。まだフランスとイギリスが残っているのだ。防波堤があるのだ。

「両親をここに残して、私たちだけ勝手に脱出するなんて言わないでよ」

サラは先走るウィリアムに釘を刺した。

「君の両親と僕は馬が合う。叶うものなら離れたくないよ」

ウィリアムは言葉を濁した。

「私たちがこの国を離れて、そのあとはどうなるのかしら?」

「親ソ派の思惑どおりなら、ソビエト・ロシアに吸収されるだろう」

「……」

サラは絶句した。煮込んだジャガイモが、のどに詰まりそうになった。


フィンランドとソビエト・ロシアが対峙する冬戦争。三月にフィンランドが国土の一部をロシアに割譲して決着した。その結果は、ウィリアムに小国の悲哀を心底思い知らせる成行きとなった。リトアニアが風前の灯火のように感じた。

そして六月、更なる危機的事態が起きた。フランスとベルギー、オランダ、ルクセンブルク民主勢力がナチス・ドイツの軍門に下ってしまったのだ。

その戦いで、もしもフランスがナチスを撃破していたならと、ウィリアムは臍を噛む。しかしフランスは敗れた。スエーデンとデンマークもすでにドイツの手に落ちている。その結果、西ヨーロッパの大半がナチス・ドイツの支配下に入った。

ナチス・ドイツとソビエト・ロシアがヨーロッパという獲物を分け合う様相だ。ユダヤ人を袋の鼠にする狙いがあらわになった。

フランス降伏の一か月後、ウィリアムは覚悟を決めた。七月はじめに行われたリトアニア総選挙の結果で踏ん切りがついた。共産党員しか立候補できないというまやかし。結果は、言わずもがな、ロシアと通じる親ソビエト派が政権を握り、ユダヤ人は絶望の淵に追い詰められている。

カウナスの夜も、近頃荒んだ空気が流れるようになった。選挙結果を得て、勢い付いた親ソビエト派が、夜陰に乗じて気勢を上げる日が続いている。

ウィリアムは窓を開けた。彼方から地鳴りにも似た叫び声がきこえる。さやかに輝く初夏の月影が、余計に彼らをいきり立たせているのだ。

意を決してウィリアムは、サラに思いを打ち明けた。

「今夜も親ソ派の連中が騒いでいるよ」

ウィリアムは部屋の中に向き直った。琥珀色のフロアーライトの下で、サラが縫い物に夢中だ。フェルメールの絵から抜け出たような健気な姿に、ウィリアムはしばし見とれてしまった。

「なにを縫っているの?」

もう一度声をかけるとサラが、

「夏用のスカートよ」

短く答える。針と糸は動きを止めない。

「邪魔しないから、聞くだけ聞いてくれればいいよ。軽挙妄動といわれるかもしれないけど、やっぱり僕はリトアニアを離れたいと思う。ナチスが来るのか、ソ連が来るのかわからないけれど、とにかく、この国は自由を奪われる。自由のない国に僕は住みたくないんだ。たとえ根無し草と軽蔑されようとも、早くほかの国に渡りたい」

一気呵成にそれだけ言うと、ウィリアムはサラの反応を待った。すると、やにわに縫い針を止めたサラが、わかりました……と言って、顔を上げた。

「わたしだって、自由の値打ちはわかっています。フランスが敗北した今、リトアニアに肩入れしてくれる国はないわね」

「そこなんだよ。イギリス一国でどこまでドイツに歯が立つだろうか。ドイツがソ連に宣戦布告でもしない限り無理だ」

「たとえそうなったとしても、ナチスかソ連、どちらか一方は生き残るのよ」

「そのとおりだよ、サラ。僕たちは崖っぷちに立っているんだ」

ウィリアムはサラの肩に手を置いた。フロアーライトの光を受けて、仄かに温かい。その手に、サラも自分の手を重ねた。

彼女はリトアニア脱出に同意したのだ。フランス降伏の衝撃が彼女の心に、にわかの変化をもたらし、肉親との別れも厭わないと決意させたのだ。

行動は急がねばならない。リトアニア新政権の命で、国内の各国領事館は八月末をもって閉鎖を余儀なくされる。それまでに米国入国ビザを取得するのが第一。もし叶わなければ、日本の米国大使館で申請してもいい。

今残されている唯一の渡航ルート、シベリア鉄道日本経由をとるとなれば、日本の通過ビザが必要だ。カウナスの日本領事館に出向き、何が何でも、ビザを手に入れたい。ウィリアム・クラウスナーは心密かに自身を鼓舞した。

リトアニア国内にある大使館と領事館は、例外なくごった返していた。通告された閉鎖期限が迫っているせいで残務処理に大わらわの状態だ。そこへもってきて、日本領事館には、ポーランド難民と思しきユダヤ人が押し寄せていて、人見知りのあるウィリアムは気後れで足がすくんだ。しかし、自らを奮い立たせ、奮起しなければならない。ウィリアムは自身を叱咤激励した。そして申請者の列にくわわった。

夥しい数の申請者に揉まれつつも、ようやくウィリアムは領事の目の前に立った。東洋人らしい端正な目鼻立ちの領事は、心なし青ざめているように映った。休む暇さえない対応で疲れているように見えたが、自分は領事代理を勤めるスギハラだと名乗った声には頼もしい張りがあった。

「ウィリアム・クラウスナーです。米国移住のための通過ビザを申請に参りました」

何を訊かれてもいいように、ウィリアムは臍《へそ》に力を込めた。

「ポーランドの方ですか?」

「いえ、違います。リトアニアで生まれ育ったユダヤ人です」

「……そうですか。リトアニアの方ですか」

領事は拍子抜けしたようだ。

「リトアニアはまだソ連軍の進駐だけですんでいますが、おっつけナチスかロシアに完全に蹂躙されるでしょう。その時ではもう遅いのです。是非とも私たち若い二人に希望の火をともしてください」

雷鳴のごとく、ウィリアムは力強い声でまくしたてた。

「かの国の入国ビザはお持ちですか?」

「当然です。ポーランドの方たちはどうなんでしょう。すでにアメリカ大使館は閉鎖されていると聞きますが」

「こちらからは敢えてお尋ねしないようにしております。以心伝心です」

スギハラと名のるこの日本人。傍目にもわかる揺るぎない信念が黒い瞳の奥で明滅している。

ウィリアムは救われたと直観した。

3

サンタクルーズの山並が描く優美な稜線。歩みを止めた君敏が振り返ると、たおやかな曲線が饒舌に語りかけてくる。来る人は拒まず、去る人は追わず……

紫色が混じっているようなカリフォルニアの青空。その青空をくっきり切り取って、サンタクルーズ山脈の全容が鮮やかに浮かびあがる。麓に点在するワイナリーが育てる葡萄園の木々までも、みずみずしい輪郭を刻んでいるように見えるから不思議だ。

君敏の親友、青山良一がカリフォルニア大学バークレーに留学している。ベトナム戦争で混乱しているアメリカ。厭戦気分の蔓延するアメリカを研究したいと突如言い出し、周囲の反対を押し切って渡米。すでに半年が経っていた。

君敏が、良一のアパートに転がり込んだのは、ちょうどその頃だった。いくぶん里心が疼《うず》き始めていた良一は、もろ手を上げて母国の友を歓迎した。君敏に手土産はなかったけれど、そのかわり日本の出来事をあれやこれや話して聞かせた。ひととおり話が済むと、良一が渡米の目的を尋ねてきた。

「観光旅行ならそれもいい。だが、なにかこれという目的があるなら言ってくれ。力になれるかもしれん」

「ありがとう。お前みたいに、これはという興味の対象があるといいのだが……強いて言えば英語かな」

「それもいいじゃないか。英語を話せるようになるのも悪くない。世界とつながるってもんだ。世界の共通語だからな」

築百年にも見える煉瓦造りのアパート。西側の窓から斜めに陽射しが入ってくる。西日は日本でも、カリフォルニアでも、分け隔てなく眩しい。

「英語学校を捜してみる。それまで居候させてくれないか。ここは、見栄をはらず友情にすがりたいと思う」

「それは構わんが、アダルトスクールって知ってるか。移民のために自治体が運営している英語教室だ」

「聞いたことはある。二の足を踏むのは、俺は移住希望じゃないからだ」

「やっぱり、気が進まんか。安全な地区にある教室が大半なのだが……無料だし、出入り自由だし、移住者でなくても構わんらしいが」

「ベトナム戦争もやっと終わった。そうなると難民というか移民が、どっと入ってくる。終戦直後の今こそ、入り時かもしれんな。とは言え、夜の外出はおっかないよ」

君敏はちょっと肩を竦めた。

「俺だって同じだよ。のっぴきならない事情がない限り、夜一人で外歩きするのは避けるようにしている」

「雲をつかもうってんじゃない。専門学校くらい、こまめに捜せば、気に入ったとこが見つかるだろう。それまでここにおいてくれるか」

「アッタボウよ。いっさい遠慮にゃあ及ばねえ」

ドーンと任せろといわんばかりに、良一は拳でもってセーターの胸を叩いた。


当面は良一の好意に甘えるとしても、居候の期間にはおのずから限度がある。君敏は、長くても一か月と考えていた。その間に、まず目鼻をつけるべきことは収入源、仕事を見つけることなのだ。

実を言えば、飛行機代を支払った後、君敏の手元に残った金はほとんどなかった。親に無心する図々しさもなく、ズルズルと文無しのままここまで来てしまった。

英語をモノにして帰国したいというのは偽りではない。しかしそれ以前にまず、仕事を見つけて金を稼ぐのが先決なのだ。しかもそれを良一に悟られてはならない。余計な心配の種を植え付けることになる。

新聞のクラシファイド・アドには目もくれず、君敏は住み込みで働ける職を探した。それは、おのずと肉体労働に限られる。なかでも農場や果樹園がうってつけと考えた。

サンフランシスコを百キロメートルほど南下すると、サンタクルーズ山脈の麓に到達する。しかもその一帯には、数多くのワイナリーと葡萄園が存在するのだ。

ナパ、ソノマ、という有名産地は、サンフランシスコの北側に位置する。それに比べると、南に位置するマウンテンビューやクパチーノ、サラトガは、歴史は古いのに存在感が薄い。その分、君敏にとっては絶好の狙い目であった。

狙いは的中した。サンタクルーズ山脈を仰ぎ見る、小さな葡萄園に君敏が雇われまで、ものの三週間とかからなかった。トントン拍子に物事が運び、君敏は幸先が良すぎて、好事魔多しを肝に命じた。

ひと月の間、君敏は休みなく働いた。慣れない葡萄園での作業。やせ我慢も厭わない。休みなんかとるより、一刻も早く農機具操作に慣れ、作業手順を自分の頭と体にたたきこみたかった。惰弱な自分を叱咤してシャニムに働いたおかげで、ひと月の間に君敏の目的はほぼ達成された。

仕事の気忙しさから逃れ、一か月半ぶりに君敏は、良一を訪ねようと決めた。サザンパシフィック鉄道マウンテンビュー駅の途中まで、農園主のサンチェスが送ってくれた。中途半端になった理由は、サンチェスに降りかかった急用のせいだ。農園を出るまぎわ、断り切れない大口バイヤー来訪の電話があった。ぎりぎりまで車を飛ばし、彼はとんぼ返りで戻って行った。

ただ、途中といっても、駅まで残りはほんの二キロメートル。歩いたって知れてる距離だ。草原の輝きを全身に浴びて歩けば、まったく苦にはならない。君敏は楽観していた。

遥かなる山の呼び声か……山々の輪郭を目裏に残したまま前を向き直るや君敏は、小声で呟いた。西部劇は、ちょっと違うかな、と思い直す。やっぱり、サリナスも近いのだからエデンの東だなあ。ジェイムス・ディーンだ。父親との葛藤は多かれ少なかれ誰にだってあるのだろう。離れて暮らす母親を訪ねて行く場面はよかった。幸せな結末ではなかったけれど。

なだらかな草原を、ふたつに切り裂く一本道。アメリカ映画にまつわるあれやこれやを思いながらこの道を行けば、おっつけマウンテンビューの駅につく。たまには、草原をそぞろ歩くのも悪くない。

君敏はのんびり歩き始めた。すると、百メートルも進まぬうちに、背後で自動車のクラクションが鳴った。辺りはばからぬ轟音が、高らかに鳴り響いた。

振り返るとそれは、ワイン色に輝くスポーツカーである。屋根がないのは 雨の少ないカリフォルニアならではだ。前輪二本を包むフェンダーが大きく盛り上がり、ロデオの赤牛よろしく君敏に突進するクラシックカーである。

「ヒッチハイクかい……」

君敏の真横にクラシックカーは停まった。赤毛の黒メガネが、ニヤリと口元を緩める。君敏も深く息を吐いて、ニヤリと唇を噛んだ。渡りに舟といくだろうか。

「手荷物なしでも、乗せてくれるかな?」

君敏は両手を広げて見せた。

「隣の席は、荷物のためにあるわけじゃないよ。ロックはしてない、早く乗れよ」

黒メガネは、細い顎をしゃくって誘った。渡りに舟に違いないが、君敏にはいくぶんの躊躇いがあった。

「工場に行く途中なんだ。迷っているならやめてもいいんだぜ」

すまんすまん。乗せてもらうよ……黒メガネに気移りをほのめかされて、君敏は即座に迷いを吹っ切った。

車の走りは外見と釣りあっている。急ぐ理由もない。まして、徒歩よか早いに決まっている。

だから、ゆっくり走りもさほど苦にはならない。

「マウンテンビュー駅なら、二マイルもないよね」

「僕の工場はパロアルトにあるんだ。マウンテンビューの先だから、かまわんだろう、パロアルトで。まさかギルロイが目的地じゃないよね」

「サンフランシスコだよ。ふた駅先まで行けるのはありがたい」

「三つ先だよ。その先はディーゼル牽引の二階建て電車で行ってくれ。クパチーノのチャック・コリンズだ、よろしくな」

「長谷川君敏、日本人です。サンチェス農場で働いている。ワイン造りだ。君の工場では何を作っているの？」

「パーソナル・コンピューターだよ」

すがすがしい草原の風。真綿が頬を撫でて行く心地よさ。その風に乗って、耳触りの良い言葉が鼓膜を震わせた。

「なんか、夢のような響きだね。パーソナル・コンピューターって」

「嬉しいことを言ってくれるね。君の言うとおりさ。夢のような代物なんだよ、こいつは。音感だけじゃないぜ、何でもかんでもできるんだ。興味があったら、工場に見学に来たらいい」

そう言ってコリンズは、胸ポケットから名刺を取り出して、君敏に渡した。

「……名刺なんて、珍しいね」

「日本人の真似だよ」

「日本人の知り合いがいるの？」

「禅に関心があるんだ。曹洞宗のお寺に通っているよ。君は曹洞宗かい」

「浄土真宗だよ。親鸞様」

「本願寺はサンフランシスコだけでなくロスにもあるね。たまに、参拝に行くよ」

ふーん……禅の修業者には見えないけど、と言いかけて思い止まり、

「ビートルズはインドの宗教に関心があったよね」

なぜか、ビートルズの名前を口走った。

信号機が赤に変わり、車が停まった。いつの間にか草原を通り抜け、市街地らしい町並みに代わっている。

「ごらんよ、あそこのレッドウッド。一番下の枝でリスが休んでいるよ」

「向こう見ずなリスだね。天を衝くようなアメリカ杉に登ろうなんて」

見上げると、アメリカ杉はまさしく空に突き刺さっているように見える巨木だ。

「まさか、百フィート登る気があるとは思えないけど、冒険心あふれるリスには違いない。ビートルズも、きっとそうだったろうね。そして僕らも、冒険心と挑戦心を友としたいね」

パーソナルコンピューター。君敏にとっては、皆目見当がつかない未知なる機械。そんなものを作りそうなコリンズらしい気構えだと君敏は感心する。

「ビートルズが好きなんだ。愛と平和の伝導者だね」

「そうさ。もうじきに、工場からパーソナルコンピューターが出荷できるんだ。そいつにイマジン1と名前をつけたよ」

「その機械は、レコードをきくためのものなのかな？」

「何でもできる機械だよ。音楽もきけるしテレビも見られるし、テレビ電話なんかも可能だよ。もっとも、それにはもうちょっと時間がかかるけどね」

軽忽の徒とも思えぬコリンズが、気恥ずかしさを少しも滲ませることなく、何でもできる機械、と断言する。そんな夢のような機械があるのなら、是非一度この手に取ってみたいものだ。

「スーパーマンみたいな機械だね」

「巨大な今のコンピューターを、小型のテレビくらいに縮めようとしているだけだけどね。種明かしをすると」

ふーむ、できるんだ、そんなことが……。

これという目的を持たぬ懶惰な自分。それに引き換え、確固たる信念をもち、具体的な目標を立てて邁進するコリンズ。自分の不甲斐なさが突き付けられている。

パロアルトの駅につくまで、彼が明かした夢の数々に、君敏はひたすら感心するばかりであった。フィルムレスカメラとテレビ電話ふたつを取って見ても、君敏が受けた衝撃は強烈だった。

印画紙に代わって、データで記憶される写真。自宅に置いてある、カメラ、交換レンズにストロボ、フィルターなど備品の全てが不要になる。これまで撮りためたフィルムの取り扱いも心配だ。どうやって保存できるのかもわからない。つまらぬ心配が噴出する君敏にとって、コリンズの描くバラ色の未来は、ことによると、灰色の未来になるのかもしれない。未知への恐怖？　変化には不安もつきものなのだ。

駅に着いて車を降りるとき、君敏はいつの間にか憂鬱な気分になっていた。

「工場の住所は名刺に記してある。気が向いたら訪ねてくれよ」

「……ひとつ訊いていいかな。君のお父さんとお母さんは、君が禅にのめり込んでることをどう思っているんだろう。二人ともキリスト教徒なんだろう」

「僕の父はイスラム教徒。母はキリスト教徒なんだよ。これで僕が仏教徒になったら世界宗教の家族になっちゃうよ」

コリンズは照れくさそうに、人差し指で鼻の頭を擦った。

パロアルトで乗車したサザンパシフィックを、終点サンフランシスコ駅で君敏は下車した。そこから、バートのパウエル駅までブラブラ歩いた。

アメリカ建国二百年のお祭り気分が横溢している街中。色とりどりのペナントやらポスターやらが、ダウンタウンの街並を飾りたてている。

一七七六年に独立したアメリカ。どうにか合衆国としてまとまりを保っていたのは、一八六一年までだ。奴隷制廃止をめぐって南北の対立が顕在化し、一八六一年南北戦争へと発展した。合衆国のリンカーン大統領は当初、グラント将軍の目ざましい活躍などもあり、短期戦で決着すると考えていた。しかし合衆国から脱退した南部連合国のリー将軍のしぶとい抵抗にあって、思惑は外れた。結局、一八六一年から四年間、南北戦争は続いたのである。

一八六五年結局、兵力と財力に勝る北軍が勝利して、ザ・シビックウォーは終わった。アメリカ合衆国が、真の意味で合衆国になった年だ。

時を同じくして、日本も徳川幕府が終焉した。明治維新という、歴史の大転換期を迎える。一八六七年のことだ。この偶然の一致。君敏はかねて、単なる歴史の不思議と捉え、深く考えもしなかった。しかし、もしかすると、そうなるべき必然が、世界の歴史潮流の中に隠れていたのかもしれない。

肌色の異なる大勢の老若男女。その中に自分自身も混じって歩いていると、いま一度歴史の深淵に触れてみたいという探求心が、どこからともなく湧いてくる。これも、コリンズの夢に誘発されたせいだろうかと、君敏は周りの目もはばからず苦笑した。

パウエル駅は、バートと略称される、サンフランシスコ湾岸高速鉄道の駅だ。ここでバートに乗ると、モントレー駅、エンバカデロ駅など、市東北部を経て、ベイ・ブリッジ下のトンネルを潜《くぐ》って対岸に達する。そこはすでにサンフランシスコではない。バークレー、オークランドという耳なじみのある学園都市や工業都市を抱える地域なのだ。

ダウンタウン・バークレー駅前の公衆電話から君敏は、良一の住むアパートに電話をかけた。低音を利かせた渋い声を出す男の管理人がでて、良一を呼び出してくれた。ちょうど昼時と合致あったので、良一が君敏の待つ駅前に出向くことになった。

おいおい、見るからにたくましくなったなあ……、そう言いながら良一は握手を求めてきた。

「何だよ、出し抜けに。他人行儀じゃないか。一年も会わないわけでもあるまいし」

はしゃぎ声になって、君敏も強く握り返した。

「タコスでも食うか」

目の前にあるメキシコ料理店の看板が目に入った。

「いや、いい店を知っている。そこで、本場らしいとびっきりの牛肉ステーキを頂きましょう。お前の胃袋が正座するよ、きっと」

良一は含み笑いを浮かべた。よっぽど気に入った店なんだ……君敏はそう察すると久々旺盛な食欲がよみがえった。

大学に通じる目抜き通りには、学生らしい若者たちの姿が目立つ。十年ほど前のバークレー。ベトナム反戦と公民権運動の旗印のもと世界から結集した学生たちの熱気。キング牧師の暗殺、ロバート・ケネディ上院議員の暗殺と保守暴力の凶行が重なり、アメリカ全土に不穏な空気が充満した。

重苦しさの突破口を求めて湧き上がった学生たちのエネルギー。いっ時大きなうねりを実現したものの、やがて時代の大波に呑み込まれ、今では表面上熱気は消失した。

ベトナムからアメリカ軍が撤退した今、目指した目標のひとつは現実となった。自由な個人、として生きる上での大きな障壁がひとつ取り払われた。その安心感もあってか、どの顔にも陰りはなく、明るくてにこやかな表情を浮かべている。

「ひとつ、頼みがあるんだ。店主夫婦には一人娘がいる。時々手伝いに来る。今日、いるかどうかはわからん」

「仲睦まじいってやつだ」

「娘の長男が、ベトナムで戦死している。だから、ベトナムという語は禁句だ、くれぐれも頼むぞ」

「わかった。ただ、やっぱり、ベトナム戦が終わったからだろうな。学生たちが生き生きしている」

「ピート・シーガーのフォークソング『花はどこへ行った』の歌詞は知っているんだろう」

良一が念を押す。

「花を摘んだ娘たちは、若者のところに行って、若者たちは兵隊になって戦場に行くんだよな」

「誰から教わるわけでもないのにな。それで最後は、お墓に入るんだ」

「ひとまず、その心配はしなくてよくなったんだ。誰のおかげでもない、戦争に敗北して、やむおえず交わした政治的決着のおかげだよ」

「気が晴れるのも当たり前だよな」

表通りで賑わうマクドナルドの角を右に曲がる。肉を焼く香ばしい匂いが鼻孔を刺激する。

「アルファルファがもてはやされていると聞いてる。だから菜食主義者が多いと思っていたけれども、やっぱりハンバーガーは変わらずアメリカの国民食のようだな」

「アルファルファは人気だよ。菜食主義であろうとなかろうとな」

「肉の蛋白質は食欲をそそるしな」

「気取らないとこが受けるんだろうな。フライドチキンもハンバーガーも。手っ取り早くありつけるしな。とはいっても、たまには丁寧に時間をかけて調理された料理もいいもんだぞ」

それとなく良一が自信をのぞかせる。

おもて道りを裏手に回れば、道幅も狭まり人の賑いは影をひそめる。良一は心なし、歩く速度を緩めた。

マクドナルドからふたブロック先に、その店はあった。裏道にも拘らず、そのあたりはまた人の往来が増えた。男女の若い二人連れが、しっとり語らいながら歩いて行く。人の心を和ませるような雰囲気が、その一角にはそこはかとなく漂う。

こじゃれた古道具屋のショウウィンドウには、七色の輝きを放つステンドグラスと葡萄色のボヘミアングラスが飾られている。その店の隣には、うっかりすれば通り過ぎてしまいそうな、小粋な画材店が軒を接する。

絵具屋さんの隣だよ、渋いだろう……良一が得意満面で一人頷く。彼がここまで惚れ込んで足しげく通うレストランとはいったいどういう店なんだろうか……君敏はますます期待を募らせる。

日本式に言えば二間半くらいの間口。店構えと扉は至ってありふれている。在り来たりといえばそれまでだが、華美を嫌う店主のつつましさとともに、料理に対する秘めたる自信ものぞかせているようだ。

良一が先に立って扉を開ける。続いた君敏の目に留まったのは、奥まったとこに佇む二つの人影だった。

ただ、その人影は二人が入店しても、ご当地らしく無反応である。いらっしゃいませなどのお愛想はぜんぜんない。

左右に五卓ほど並ぶテーブル。埋まっているのは、左右一卓ずつのようだ。通路を進んだ二人は、左側の一番奥まった席に腰をおろした。

テーブルを挟んで向き合うと、良一は、大きく息を吐いた。つられて君敏も息を吐き、同時にメニューを手に取った。

「俺はステーキのレアを注文する。お前は自由だが……」

「形ばかり、メニューに目を通しただけだよ。当然俺もステーキレアを御馳走してもらうよ」

頃合いを見計らって、奥から注文取りの女性が現れた。黒いローヒールのパンプス。ベージュ色のスカート。その上に白いエプロンを結んでいる。

君敏は、女性を見上げた。紅茶色の上着の先で、白い顔が微笑んでいる。

「ステーキのレアを頼みます。二人とも」

「お二人とも同じですね。レアのステーキを一人前ずつ。オウケイ」

お喋りの声に、あんまり艶がないのは何故だろう。

「若い人ではないようだね」

膝を乗り出して、小声で君敏が囁いた。

「六十歳を越した中年女性だよ。同い年のご亭主がコック。ご夫人がウエイトレス。絵にかいたような二人三脚だよ」

外食と言えばファストフード。凝り固まった君敏には、中年女性のウエイトレスはかえって新鮮だった。

「お前、あの夫人と話をしたことがあるのか?」

「まあな。主人とも喋ったことがある。ツーといえばカーというおしどり夫婦だよ」

「仲睦まじいのは結構だ。しかし、レストランを切り盛りするには、ちょいと年齢が行き過ぎちゃあいないか」

「十年以上続いているんだこの店。どうってことないだろう。昔のコンピュータープログラマーには、とにかく戻りたくないんだよご主人は」

「プログラマーって、コンピューターを動かす七面倒くさい命令書を作る仕事だろう」

「今を時めく成長産業だよ」

「しかしだ、瓜の蔓に茄子はならぬと言うぞ」

「日本人だなお前は。常識にとらわれすぎだ。瓜の蔓に茄子をならせようとするのが、開拓者魂ってもんだ」

そう言われて君敏の頭に浮かんだのは、チャック・コリンズの顔だ。

「今朝、パロアルト駅までヒッチハイクで送ってもらったよ」

「農園主の車じゃないのか?」

「サンチェスは急用でな、途中までしか送ってくれなかった。残り二キロだからな、大したことないと思ってブラブラ歩いていたら、彼が声をかけてくれたんだよ」

「どんな奴だった?」

チャック、と君敏が言いだした時、熟練のウエイトレスが料理をもって現れた。

レアステーキにマッシュポテト。人参の付け合せが三本。取り立てて変わり映えのしない、いわば月並みな一品だ。

「俺にかかる役割期待は承知の上で言わせてもらうと、見た目はありふれているな」

ウエイトレスが去るのを見届けてから、君敏は小声で囁いた。

「料理の見栄えなんてのはさ、この店の料理人は、あんまり関心がないだろうな」

「アメリカ人と日本人の差だな。実用性重視の表れだ」

「型どおりほど無難なことはないからな。盛り付けはそのほうがいい。ただ、味はとびっきりだぞ。前講釈はいいから、心して味わえ」

カフェラテ色の艶やかな表面。見るからに柔らかそうな質感。蒟蒻を連想させる弾力。厚み二センチの長四角全体がプルンプルン震えている。

牛肉を見る目など、まったく持ち合わせぬ君敏。日本じゃあ、豚肉と鶏肉しか馴染みがない。しかし、牛肉門外漢の君敏でさえ、目の前に置かれた牛肉が、そんじょそこらの代物とは違うであろうことは、容易に察しが付く。まさしく、異彩を放っているのだ。

内心わくわくしながら、君敏はナイフとフォークを持つ手から緊張を解いた。それからゆっくりナイフを動かし、塊から一インチほどを切り分けた。切れ目から、牛の涙がこぼれた。その涙もろとも、フォークが切り取った肉を口に運んだ。

数秒、肉の感触を舌で確かめてから、君敏は軽く上下の歯を合わせた。すると、苦もなく塊はくずれ、見事にとろけた。濃縮された肉の旨味が、口中を包んだ。

「どう、何かある？　感想」

漲《みなぎ》る自信で、良一の目に星が流れた。

「……お見それいたしました」

「まあ、納得ですかね」

会話はそれだけで終わり、あとは皿の上の物をひとつ残らず平らげるまで、二人はほとんど口をきかなかった。

食事を済ませてから、二人はコーヒーを頼んだ。一か月ぶりの再会で、二人とも喋りたいことは尽きぬどあったはずなのに、君敏の口を衝いて出たのは、今朝、車で拾ってくれた、コリンズの話題だった。

「マニア向けの写真集に載っているような煌びやかなクラシックカーなんだ。あんな車に、本当に乗っている奴がいるんだからびっくり仰天だよ」

「その種の車を見せびらかす全米大会もあるくらいだからな。古いものに憧れるのは、アメリカ人の遺伝子なのかもしれないな」

「ところがだ、経営する工場で作っているものはといえば、パーソナルコンピューターなる如何物《いかもの》だ」

如何物なる表現は無礼なのかもしれない。しかし、彼が造る装置のからくりに、皆目見当がつかぬ以上、君敏はそうとしか言いようがない。

「……当地の新聞、確かエグザミナーだったと思う。娘が誘拐された、あのハーストの新聞だが、その記事でちょっと読んだ覚えがあるぞ。大型のコンピューターを、今のテレビくらいの大きさにまで縮めようという技術らしい」

良一はうすいコーヒーを一口啜った。

「さすが地元、早耳だな。抜け目のない新聞記者が、食指を動かなさい筈はないってわけだ」

「名前は載っていたのか?」

「どうだったか、覚えていない。お前が知っているというその男だろうよ、たぶん。ほかに何人もいるわけがない」

ジャンパーのポケットから君敏は、大事にしまっている名刺を取り出した。氏名と工場の住所、電話番号が記してある。

「チャック・コリンズか……」

名刺を受け取った良一が声に出した。

よくある名前だからな、ご先祖さんの出身国はわからんな。ってい言うか、素直にイギリス系か……そう続けて、良一は名刺を君敏に戻した。

「両親のね、板挟みになっていたみたいなんだよ」

「?……」

良一が、小首を傾げた。

「宗教だよ。心の支えだからな。アメリカ人は大事にするんだろう。なのに、親父さんがイスラム教徒。お袋さんがキリスト教徒。彼はどっちを選んだと思う?」

「キリスト教信者のほうが、軋轢はすくないわな。たとえアメリカといえどもだ」

「なのに彼は、どちらも選ばなかったんだよ」

「無宗教か?」

「いや、彼は禅に興味を持った。曹洞宗、仏教だな」

「サンフランシスコにある禅の寺院なら、俺もきいた覚えがある」

「そこに通っているうちに、禅の教えにのめり込んで行ったんだろうな。ビートルズの影響もあるかもしれない。なにしろ、パーソナルコンピューターの一号機の名前がイマジン1だからな」

「そいつはわかりやすいな。若いビートルズファンで、禅に惹かれていて、しかも新進の企業家でもある」

「資金はなさそうだな。身銭を切っているんだろうな多分。現に、あんな古めかい車しか持っていないんだから」

君敏が言い終わった途端、良一が眉を曇らせ何か反論しそうになった。その時、落ち着いた物腰で、熟練のウエイトレスが現れた。

「コーヒー、おかわりいかが?」

「……いただきます、すみません。先日はどうも、ありがとうございました」

ウエイトレスはポットを持つ手を止めた。

心当たりがなさそうだ。

「フレンチトーストの件ですよ。恥ずかしいくらいの思い違いでした」

「フレンチさんは、国名ではなくて、人名だと言ったことね」

「だって、だって、だってですよ。その名もフレンチトーストでしょう。一点の疑いもなくですよ、フランス風トーストじゃあないですか」

「えっ、フランス発祥のトーストじゃあないの、あれ」

「まあ、こちらの青年も思い違い。日本ではフランスがよほど人気なのね」

苦笑いの夫人は、二つのカップにコーヒーをそそいだ。

「余りものの食パンを、おいしく食べようと工夫したのよ、余りものには何とかっていうでしょう、生活の知恵よね。十八世紀頃にアメリカ人のフレンチさんがね、思いついた焼き方。だからフレンチトーストと名付けられたの。正しい謂れを覚えておいてね」

やんわり二人の不勉強を皮肉ると、うちのメニューにはないけどね……フレンチトースト、と言い残して入店してきた新たな客の応対に向かった。

4

君敏と良一は、バートに乗った。サンフランシスコに戻り、映画、タワリング・インフェルノの舞台となった高層ビルを見に行こうと、良一が誘ったからだ。

巨大なビル火災に襲われた高層ビル。その建物の最上階に避難した人間たち。炎暑の坩堝のなかで交錯する人間心理。そして、彼らを救出すべく勇猛邁進する消防士たち。高層ビル火災の恐怖を多面的に描いたパニック映画だ。アカデミー賞をいくつも取ったパニック映画の傑作と評されている。

災害多発国日本に暮らす以上、これは見逃すわけにはいくまいと、君敏は一人で映画館に足を運んだ。内容は心理描写に富み、緊急事態時の行動を考える上で、有益な示唆に溢れていた。消防士役を演じたスティーブ・マックイーンと、建築設計士役のポール・ニューマンに心ひかれた、秀逸な映画だった。とは言え、その撮影地を訪ねたところで、特別な感慨など湧かないだろうと君敏は思った。主役のポール・ニューマンやスティーブ・マックイーン。フェイ・ダナウエイやジェニファ・ジョーンズが待ってくれているはずもないのだし。

「まあ、騙されたと思って、付き合えよ。映画の感動がよみがえるぞ。スティーブ・マックイーンの雄姿だって、ありありと浮かんでくる。バートなら、たったふた駅だしな」

「それほど言うなら行ってみるか。だけどだ、俺は高いとこは苦手だからな。目の保養になるとかなんとか言って誘っても、お前の口車には乗らないぞ。絶対に、展望階には登らないからな」

「わかっているよ、ビクビクするな」

尻込みする君敏をなだめるように、良一はキッパリと言った。


二人は、エンバカデロセンター駅まで二駅バートに揺られた。昼下がりのせいか、車内は混み合ってはいなかった。二人は、ちょうど空いていた隣り合う席に座った。落ち着いてからしばらく経って、
日本の電車より快適だな……声をひそめて君敏が隣席に話しかけた。

「まあな。体格の差もある」

短く良一が応えた。

二人が交わした二言三言の日本語。それが耳に届いたのかと思える中年夫人。二人の向かいに座った、北欧系らしい可憐なクッキリとした目鼻立ちが目元を緩めた。青い瞳が一段と青さを増したように君敏には映った。思わず君敏も微笑みかえしていた。

二人は、エンバカデロセンター駅でバートを下車した。見知らぬ夫人の思いがけない反応。時ならぬ微笑みに出会って、君敏と良一は心が和んだ。ただ、喋った日本語が夫人に通じたのかどうかは、二人、真っ向から意見が分かれた。

「意味がチンプンカンプンなら、怪訝な表情になるはずだ」

間近で交わされる外国語。意味不明なら、目をそむけるような反応だってあり得る。

「アメリカ人というのはな、根っから人懐っこい人間が多いんだよ。一年近く住んでみると判ってくるんだ」

「……そうか。お前が肌身で感じたのだから、あえて否定はせん。しかしだ、あの女性は間違いなく日本語が理解できる。俺はそう信じたい」

「わかった、わかった。あんまりむきになるな。どっちにしてもだ、謎の微笑に違いはない。モナリザだな、あの女性は」

「同感だ。さしずめ、黒髪ではなくて、金髪のモナリザの微笑というわけだな」

駅ホームを上階に昇りきると、そこは見上げるようなガラス張りの空間だった。映画の中で、真新しい同様の場面を観たような記憶がよみがえった。

「この空間には見覚えがある。たしか、ビルの新築記念パーティーだ」

「図星だ。キラキラ眩しくなるような場面だ。嵐の前の静けさならぬ、嵐の前の大騒ぎだ」

「大勢の招待客が集まっていた。盛装した客たちは、みんな満面に笑みを浮かべて、豪華絢爛な雰囲気に溢れていたな」

「演じた俳優陣の顔ぶれも豪華だった」

場面を追想しているのか、良一はうっとりとした目つきになった。

「それに引き換え、今は人影もまばらで、とても閑散としているなあ。どうかすると、幻の中にいるような気分になる」

「映画は造り事だからな。幻というか、夢みたいなもんだ。実際は商業ビルのロビーなんだから、こんなもんだよ」

商業ビルのロビーとして設計された斬新なアトリウム。映画のロケ場所として使いたくなるのも無理はないのだろう。

君敏は、映画監督を気取って、煌めくようなアトリウム全体を隈なく見回した。すると不思議なことに、『タワーリング・インフェルノ』ではなく、別の映画、『ベン・ハー』に登場した、古代ローマ帝国の貴族館が目裏に現れた。

西洋人が古代から抱き続ける、贅を尽くした居住空間。それは、堅牢で荘厳な石柱に支えられ、神秘的な紋様に富む大理石が床に敷き詰められている建物なのだ。豊かさの象徴としての建築物。その中の極めつけ。それがアトリウムなんだ。君敏はそんな感慨とともに、二千年以上も昔、巨大な石造建築を完成させた西洋文明に尊敬の念を抱いた。

「おい、どうした。心ここにあらずって感じだが、なんか閃《ひらめ》いたのか？」

「ベン・ハーは、ユダヤ人の奴隷だったんだよな」

「なんだ、やぶからぼうに」

「こういう石造りの建物の中で、ローマ人とユダヤ人がだ、神を巡る葛藤を繰り返したんだなと思ってな」

「柄にもなく、ずいぶん感傷的というか、哲学的だな。近親憎悪ってのは、人間の愚かさの究極だと思うぞ。だってだよ、元は同じなんだからな」

「同床異夢の行き着く先だな。細胞分裂は自然な営みだから、止めようがない」

「ユダヤ人と言えばだ……俺の彼女もユダヤ人なんだ。ここの近くの美術学校で陶芸を勉強しているんだ。訪ねて行って驚かせてやろうかな」

良一は思案顔になった。君敏もまた、今の今までこれっぽっちも知らなかった良一の女友達と聞いて胸がざわめいた。そして、いくぶん及び腰になった。

「……ほんとかよ、案外、口の堅いやつだなお前は。そいつを見破れなかった俺もどじだが、ドンファン顔負けのお前の行動力にゃあびっくりするぞ」

ローマの宮殿が、またたく間にフェイドアウトした。これまで、良一がおくびにも出さなかった事実に、君敏は不意打ちを食らったも同じだ。

「ちょっと、訳ありでな」

「どんな訳だよ」

「おいおい話してやるよ。いいんだな、心の準備。気が向かないわけじゃないんだな」

「気が向かないどころか、大乗り気だ。まさかアメリカでお前の彼女に会えるとは思ってもいなかったからな」

話がまとまって、二人はロビーを出た。高層ビルの影に立って、君敏は小さく身震いをした。陽射しが遮られた街角に、いきなり肌を刺すような冷たい風が吹きすぎた。

「初夏でも、サンフランシスコという所は暑さを感じない。ビル風なんかは寒いくらいだ」

両手のこぶしを、君敏はジャンパーの袖の中に仕舞った。

「海流のおかげだろうな。夏でもヒーターを入れることもあるぞ」

「一年中温和な気候か。内心、羨ましいことこの上ないだろうな。東海岸に暮らす人からすると」

「時々地震があったり、乾燥しすぎて山火事がおきたりするけどな」

「玉に瑕《きず》という程度の難点だ。どんな町だろうと百点満点は望むべくもない」

マーケット通りの賑わいを離れて、良一と君敏は、モンゴメリー通りから、カリフォルニア通りに向かった。町並みには、背の高いビルは見当たらないが、三階から十階建てくらいの建物が軒をつらねている。

町の雰囲気も、ビジネス街のエンバカデロ周辺とは明らかに異なり、どこかしら騒がしさが際立っている。どうひいき目に見ても、静謐な美術学校にはそぐわない、猥雑な環境のように君敏には映った。

「美術学校なら、郊外の自然豊かな場所こそが似合いそうなもんだが」

メタリックブルーの日本車が、二人の脇を掠《かす》めて走った。

「アメリカの美術学校はな、街中が多いんだ。そのほうが、俗っぽい刺激に満ちているだけ、創作にも思わぬ影響がある。そういう発想なんじゃないのかなあ」

「自然の中にだって刺激、というか、発見はあるぞ。たとえば果樹園の葡萄の木。太い枝の先芽を切り取ることを、ピッチ、摘心というんだが、そういう手を加えてやると、たちまちにして残った脇枝が元気になる。自然の威力をまざまざと再認識させられる現象じゃあないか。自然から受ける刺激といってもいい」

「刺激の種類は多種多様だな」

「自然から受けるか、人間が拵えた物から受けるか。あるいは、その両方から受けるのか」

「街中にある自然だって、目を凝らすなら日々変化している。刺激だらけと言ってもいいんだ。無理やり区別する必要などないぞ」

良一は、自然の存在を確かめるように、歩道に植わっている街路樹を見上げた。

カリフォルニア通りを三ブロック進んだ角に手作りドーナツ店がある。シナモンの爽快な香りが鼻をくすぐる。手作りドーナツ店の多さは、この国の特徴かも知れない。君敏の素朴な印象だ。

「ドーナツ屋の二軒先にあるのが、サンフランシスコ・アート・カレッジだ。三階に陶芸教室がある。出入り自由だからな、遠慮はいらない」

「ドーナツ屋が近いってのは、腹ごしらえに手間がかからなくてすむよな」

「目移りはせんだろうが、毎日ドーナツばっかりというのも飽きるわな」

二人の背後から歩いてきた猫背の男が、追い越しざま、小声で笑いをもらした。ジーンズの小脇に抱えているのは、スケッチブックかクロッキーブックだ。君敏にやっと、美術学校の近くに来ているという実感がわいた。

黒ニス塗装された頑丈な木製扉。上半部に学校名が刻字されている。うっかりすると見落としそうな、うすく儚《はかな》い文字だ。ほかに特別な意匠は施されてはおらず、創造の産物とは縁のない扉だ。

期待外れで、興をそがれたまま、君敏は良一に続いて室内に足を踏み入れた。そこでさらに、期待外れがかさなった。

平凡この上ない内装。模様のない紅茶色の壁が、目の前に現れたのだ。来客を失望させずにはおかない、しゃれっ気のない壁面に出会い、君敏はより一層がっかりした。

率直に言うなら、美術学校ならではの斬新さ、見栄、工夫らしきものが何一つ見当たらない。紅茶色の壁面が、さっぱりしているといえば耳触りはよいが、要するに気の利いた装飾がひとつもないそっけなさだ。ごくありふれた、事務系の会社か何かが入る、程よい大きさの木造建物としか思えない。

階段を三階まで上る間、二人はひとことも口をきかなかった。自分らの響かせる足音のほか何も聞こえない。その静けさが、かえって君敏の胸を高鳴らせた。装飾や意匠という刺激のない壁のせいなのだろうか……その心理誘導効果こそが、学校の狙いだとすれば、自分はものの見事に、その思惑にはまってしまったのだろうか。

仕掛けのない仕掛けってのも、あるんだよな……。

君敏の独り言に、良一は反応しなかった。そのかわり、目の前に現れた三階教室の扉を遠慮がちにノックした。返事がないと見るや良一は、ためらいもなく銀色のノブを手元に引き寄せた。

文句なしの青い空。正真正銘の紺碧の空。言わずもがなの、カリフォルニアンブルーの青い空が、君敏の目に飛び込んできた。中央に廊下が走り、その両側に個別教室らしき空間が並んでいる。青い空は、向かって左側の空間を照らし出している。南に向かう窓が切り取る空は、巨大な色見本だ。

廊下の南側に五つ教室が並んでいる。そのうちの三つ目の教室が土練作業場だと、良一が告げた。さすがに教室内には、人の話し声がそこここから漏れ出ていて、二人の会話も憚られることはない。

三つめの教室は、扉が開け放たれていた。南側の窓も開放されているらしく、乾いた風に乗って土の匂いが流れてくる。

部屋の中央に、車座を成して生徒たちがいる。六人のかたまりだ。みんな下を向いたまま、土こねに余念がない。女性が五人、男性が一人だろうか。ヒッピー張りの長髪男性がいないとすれば。

没頭しているのかと思いきや、誰かの鼻歌が漏れ聞こえてくるので、無我夢中という程でもないようだ。君敏がつぶさに音をなぞるとそれは、十年くらい前に耳馴染んだ懐かしい、シンギングナン歌唱のドミニクだ。尼僧が歌う伝道の旅歌だ。

「ハミングなんだ。土こねは力仕事だからな。熱中してくるとひとりでに出てくるんだって」

良一が君敏に耳打ちする。付き合っている女性が声の主らしいが、君敏には五人のうちの誰なのか見定められない。

「茶色の髪色が三人。金髪が二人。お前の彼女はどっちなんだ？」

「艶やかな茶色だよ。肩に届くか届かないくらいの長さだ」

良一が教えた条件を満たすのは、一人しかいない。床の上に胡坐をかいた彼女は、繰り返し繰り返し土塊を揉んでいる。

「この作業中は邪魔ができないんだ。脱気と言って、しつこいくらいに手で揉んで、土の中にある空気を抜いているんだ。大事な工程だから、ちょっとでも余計なちょっかいを出すとあとが怖い。今話しかけるのはよしにして、暫く五階の休憩室で時間をつぶすか」

良一に袖を引っ張られ、君敏は仕方なく脱気作業室を後にした。

五階の大半は油絵制作の教室に当てられている。入口に立って見回すと、ある者は石膏デッサンの最中であり、ある者はイーゼルに向かって絵筆を動かしている。油絵具とオイルの匂いが混ざり合って、室内は鉱物質の香りが満ちている。

休憩室は入口を入ってすぐの南側にある。そういって良一が指差す先には、確かに間仕切りで囲われた一角がある。

「無料のコーヒーサーバーが置いてあってしかも、飲み放題なんだ。ごくうすいアメリカンだけどね」

「図々しくもだよ、部外者の俺たちが飲んでもいいものだろうか」

厚かましさも度を超すと許されないだろうと、君敏は勝手に気をまわした。

「まったくの部外者ではないよな。友人がこの学校で学んでいる。まあ、関係者といってもいい。袖すり合うも何とかっていうからな、遠慮はいらないだろう」

「アメリカの寛容さだな。来るものは拒まずという心の広さか」

「カリフォルニア特有の温厚さかもしれんな。気候が穏やかなせいで、人間の心も優しくなる。イージーライダーだってカリフォルニアでは殺されなかった」

君敏はバートの中で向かい合わせた、気の良さそうな中年婦人の顔を思い浮かべた。

白い造作壁でもって囲われた休憩室。外見からはごく狭い空間のように見えたのに、中に入ってみると、思いのほか広い。六畳間三個分ほどの広さは優にある。

先客がいないと好都合だったのだが、隅っこのテーブルに一人男がいた。学校近くの路上で二人を追い越して行った、猫背の画学生だ。携えていたスケッチブックをひろげて、食い入るように何かを見つめている。小型ラジカセをイヤーホーンで聴いているせいで、君敏と良一は、いくらか気が楽だ。

良一は足音を忍ばせて、コーヒーサーバーの傍に歩み寄った。それから手慣れた仕草で紙コップを二つ抜き取った。

「『イージー・ライダー』に出ていたのはピーター・フォンダ。彼の親父さんがヘンリー・フォンダ。その主演作が『怒りの葡萄』。スタインベックがカリフォルニアを舞台にして書いた小説だ」

何もない丸テーブルの上に、良一が紙コップを二つ並べた。声を低めたのは、男に気をつかったためだ。

「エデンの東……もスタインベックの作品だったよな。ジェイムス・ディーンのはまり役だし、レナード・ローゼンマンが作曲した映画音楽も心に染みる。俺がエデンの東を観たのは普通の映画館じゃなくてな、大きな劇場だったんだ。レコード会社が募った試写会でな、一味違った特別の思い出なんだ」

コーヒーを啜った君敏は、ほとんど味が感じられないので、気のきいた言葉が見つからない。

「確かサリナスだったよな。エデンの東の舞台。監督をしたエリア・カザンはトルコ移民だと思う」

「スタインベックはカリフォルニアのサリナス生まれなんだ。ドイツ移民の孫だ。彼もやっぱり、こういう薄味のコーヒーが好みだったのだろうか」

「まあそういうな。水代わりだと思えば乙なもんだ」

その言葉どおり、良一は一口でコップのコーヒーを飲みほした。

「彼女のことを予め《あらかじ》、少しばかり話しておこうと思う。かい摘まんで、お前の頭に入れておいてほしいことだけでも知らせておくよ。予備知識があったほうが安心だろう」

「なんだ、早手回しに……」

コーヒーのおかわりをテーブルの上に置くと、良一は俄かにえびす顔になった。それから二杯目のコーヒーをちょっと口に含んで、乾いたのどを潤した。

「名前をリディア・クラウスナーといってな、リトアニア移民の娘なんだ」

「リトアニアというと、ソ連邦か？」

君敏は再びバートで乗りあわせた夫人を頭に浮かべた。

「バルト三国の一つだ。今はソ連領だけども昔は独立国だったんだ。杉原千畝っていう名前を知っているか」

眼鏡の奥に光る黒い瞳が、探るように関心をあらわにする。

「なんとなく聞き覚えがあるような。俺と同じ岐阜の人じゃなかったかなその人。リトアニアのほうも詳しくはない」

君敏はあやふやな返事になった。

「杉原千畝は戦前リトアニアにあった日本領事館の公使だった人物だ。一九四〇年に日本国外務省の命令に逆らって、リトアニアやポーランドに住むユダヤ人に日本渡航のビザを発給したんだ。ナチスの迫害から逃れるためだな。命を救うビザだ」

「バルト海から極東の日本まで。シベリア鉄道だな。それだけでも命がけだ」

気の遠くなるような距離だ。

「ボルシェビキ民兵の探索の目もあるし、金の心配もある。それでもユダヤ人の彼らはシベリア鉄道での脱出に賭けるしかなかったんだ。ナチスはすでにヨーロッパ全土を蹂躙する勢いだったからな」

「まさか、彼女の親がそのビザで生き延びた人だというんじゃないだろうな」

「世界は狭い。広いようで、狭いんだ。命のビザを得て、両親は日本に到達し、横浜からカリフォルニアに渡った。ナチスのジェノサイドから辛うじて逃れられたわけだ」

「……んで、俺はどうすりゃあいい。妙な役回りは願い下げだが、その件に触れないでいさえすればいいってことなら、容易なことだ。心配は要らない」

「別にそういうつもりはない。彼女だってその事実を隠したいとは思っていない。ただお前に知っておいてほしかっただけだ。彼女が我々日本人に対して、深い感謝の念を持っているということを」

神妙な面持ちになった良一を前に、君敏もひとりでに顔が引き締まった。

「日本人としてはありがたい限りだ。杉原さんのおかげだな」

「本人は国家に楯突いた報いで、戦後外交官には戻れなかった。民間人として茨の道を歩まざるを得なかったようだ」

「反骨も正義も、間尺に合わない。そいつは杉原さんも重々わかっていたのだろうが、性分ってのは曲げられないもんなんだな」

「生き続けたいという強い意思。ユダヤ人の純粋な願いの前では、自分の利益などどうでも良かったんだろう」

良一はそういって、また紙コップに手を伸ばした。

ちょっと、お尋ねしたいのですが……二人の頭の上で声がした。見上げるとジーンズ姿のラジカセ男だ。いつの間にか隅っこの席を離れて二人の傍に来ていたのだ。

君敏が下から見上げると、その端正な顔立ちに明らかな見覚えがある。西洋絵画にしばしば登場するイエス・キリストの肖像が重なった。

「気に障らなければ、あなた方が日本人かどうかを知りたい」

「かまわんですよ。わたしたちは日本人です。僕はバークレーの学生。こっちは友人です」

それを知って男は表情を緩めた。そして、

「いいものを作ってくれてアリガトウ」

と言って、隅っこのテーブルに置いたラジカセを指さした。

「……ソニーが喜ぶでしょう。ソニーに代わって私からお礼を言います。こちらこそありがとうございます。大切なご愛用者さんですからね」

良一は丁寧に答えた。

「それともうひとつ、アリガトウが言いたい。先の戦争で私たちは、あなた方に残酷な仕打ちをした。原爆投下です。にもかかわらず、あなた方は感情に任せるまま言葉激しく私たちを責め立てるような態度をとらない。それだけでも、私など心が休まる。アリガトウ」

やはりこの人はキリスト様だ。君敏は思いを新たにしてしげしげと男の顔を見上げた。

「……」

二人は返事に窮した。そもそも気候穏やかなこの地で、原爆の話題など耳にしたことがない。実行者のアメリカとしては、寝た子を起こすような真似はしないに限る。賛成反対を問わず、庶民の関心を遥か遠ざけておきたい歴史なのだ。

それならそれで、日本人としてもむやみに人道主義をあおるようなことも言いにくい。いまさらその事実をほじくり返したとこで、喝采を浴びせる人は誰もいないに決まっているのだ。忘れたいのに、忘れてはいけない過去。そんな歴史だと思っていたのに、迷いなどかなぐり捨てて詫びる人がいる。二人にとってそれは吃驚すべきことであった。

触れてはならない過去。原爆の被害は、日本とアメリカが巧妙な気配りをもって、歴史の中に封じ込めた墓碑銘だ。そのはずだったのに、ひどい仕打ちをしてしまったと、悔恨の思いを当のアメリカ人から告げられるとは想像もしていなかったのだ。

二人が反応できずに戸惑っていると、

「大勢が暮らす町中に、噴火真っ最中の火山を落とすような行為。人として許されない暴挙です」

「……本当はナチスを攻撃するために準備されたんでしょう」

我ながら的外れの返答だと思ったけれど、良一がどうにかこうにか、相手をかばうように言葉をひねり出した。

「ヒトラーが思いのほかあっさりと自ら命を絶った。その分、原爆を使わなくてすんだ。日本が戦いを長引かせたのもいけなかったのでしょう。途方もない犠牲を強いられました」

そう言いながら君敏は椅子から立ち上がって、男に握手を求めた。気がつけば、何故か彼を擁護し慰めるような発言しかできない。

男も君敏の求めに応じ、小腰をかがめて細った無骨な右手を差し出した。それから固い握手を交わしながらもう一度、ほんとにひどい仕打ちでした、と繰り返した。

彼は彫刻教室の卒業生だった。ブロンズ彫刻を得意とする彫刻家で、今日は一日だけ臨時の講義を頼まれて来校したという。二人はもっと一杯話をしたかったのだが、講義の時間があるからと言って、立ち話がすむと二階の教室に降りて行った。

6

リディア・クラウスナーが、いの一番に発した言葉。それは、空腹であった。いかに土捏《こ》ね作業が体力を消耗するか、その証拠に他ならない。三人は自己紹介もそこそこに教室を出て、裏にあるハンバーガー屋のテーブルを囲んだ。

「正直、まさかっていう感じだよ。アメリカ人の口から、お詫びらしき言葉を聞けるとはね」

思い切って、君敏が口火を切った。ハンバーガーをほお張るリディアが、いっとき咀嚼を止めた。

「後光がさしていたよ。まるっきりキリスト様と瓜二つ。慈悲深く、人情に厚い人なんだよきっと」

「気持ちを伝えずにはいられなかったんだわ」

「いったん思い立つと、もう居ても立っても居られない。行動が先走ってしまった」

良一がコーラを手に取った。するとリディアもコーラを啜《すす》った。

君敏が幼いころ、風邪気味になると水薬を飲まされたものだ。ガラス瓶に入っていて、瓶の表面には目盛が刻まれていた。母が医者からもらってくるその薬は、コーヒー色をした液体で、甘苦い複雑な味をしていた。珍しい味につられてつい君敏は目盛以上に飲みすぎる。そのたんびに、母から小言を頂戴したものだ。

君敏が初めてコーラを飲んだのは、十歳くらいの時だった。近所のパン屋さんの冷蔵ケースにおさまっていた瓶コーラ。目新しい飲み物として興味はあった。しかし試すには、水薬に似たその色が足かせになった。

意を決して、恐る恐る口に含んだその味こそ、まさしく水薬を濃くしたような味なのだった。はじける炭酸を別にすれば。

「君もそんな気持ちだったのか?」

良一が首を捻って、リディアに微笑みかけた。これまで話題にのぼる機会がなかった。

「私が話しかけた時?」

心当たりがあるらしく、リディアは即座に応じた。白い歯を見せてかすかに目元をほころばせた。

「フィッシャーマンズ・ワーフにある画材屋だったよね」

「てっきり、画材を捜していると思ったのよ。だって、画材屋なんだから。悪いけど、謝罪の気はなかったわ」

ふたりとも思い出し笑いがこみ上げて、まろやかな声をもらした。

ご機嫌だねー、リディアとリョー。僕がもっとご機嫌にしてあげるよ……と言って脇からきりっとしたコックコートの青年が話しかけた。ハリー・ベラフォンテに似ている。

「店長、ありがとう。今日はお腹がすいてるから助かるわ」

「例によって、友達の店の余りものなんだけど、かまわないよね」

店長はドーナツが七、八個入ったバスケットをテーブルの中央に置いた。

「大好物なの。本当に店長の友達は、腕っこきのドーナツ職人だわ。どれをとっても裏切らないおいしさだもの」

出し抜けにリディアがバスケットに手をのばした。手に取ったのは、色とりどりのチョコレート粒をまぶしたチョコレートドーナツだ。

「おいしそうに頬張ってくれるから、リディアを見ていると嬉しくなっちゃうよ」

そう言うと、こぼれるような笑みを残して店長は厨房に戻った。

良一はちょっと気を揉んだ。柄にもなく、焼き餅を焼いているのかもしれない、と感じながらブルーベリードーナッにかぶりついた。

「君たちは二人とも食べっぷりがいいな。店長さんが言うとおりだよ。海沿いにある画材店で、食いしん坊同士の見えない糸が絡み合ったんだ。縁は異なものっていうからな」

良一の焼き餅をなだめるつもりで、君敏が二人の出会いに話を戻した。

「長い間、油絵具の棚の前に立って動かないんだもの……」

「色の種類があんまり多いので、棚を見ているうちに突然、本当に突然目眩に襲われて動けなくなったんだ」

「その辺はご免、想像できなかった。いずれにしろ、どいてちょうだい、って言うよりは、何かお探しかしら?と訊くほうが角が立たないでしょう」

澄まし顔になって、リディアが言った。自分に同意を求めているのかと思い、君敏は大きく頷いて見せた。

「絡み合った糸。僕らの時間を縫い合わせてくれるといいんだけど……」

「弱気の虫とはそそっかしいぞ、青山。現にこうして、君らは二人一緒の時を過ごしているじゃないか」

「お父さんとお母さんも、日本人のボーイフレンドならとても安心だ、と言ってくれているわ。親の意見だって大事よ」

言い終わると、リディアは二個目のドーナツに手を伸ばした。

リディアに慰められて、明らかに良一は気を取り直したようだ。その表情からみるみる憂いの気配が影をひそめた。他人事ながら、親友の悩みをかき消すことができて、君敏もひとまず胸を撫でおろした。

それにしても、良一のガールフレンドが見せつける旺盛な食欲には舌を巻く。往々にして食欲に従順な人間は、感情が大まかなものだと相場が決まっている。

しかしリディアという娘はその限りではない。良一への心遣いを見れば、人の心の揺らめきにも思いが至る、神経の繊細さも持ち合わせていることがわかる。もしかするとこの性分も、両親がリトアニア移民として幾多の逆境を乗り越えてきた過去と関わりがあるのかもしれない。

年上かどうかに関わらず、金のわらじを履いてでも探したいような、出来のいい嫁さんになるかもしれないと、君敏は勝手に先走って考えた。

腹ごしらえが済むとリディアは、良一と君敏をフリーモントにある自宅に招きたいと誘った。両親が時折、日本を懐かしむ思い出話をする。リトアニア脱出の途上、舞鶴から横浜に向かう列車の中から眺めた風景が忘れられないというのだ。

シベリア鉄道の長旅で目にした荒涼たる風景とはうって変わった日本の風景。緑豊かな夏の自然には、どれほど慰められたかしれないと語りあう二人の柔和な表情。リディアにとっても、それはこの上ない幸せなひと時なのだ。とは言え、自分には皆目見当がつかない日本の風景。

合槌を打つくらいしか二人を喜ばせる手立てがない。

それに引き換え、日本を母国とする良一と君敏なら、もっと親身で適切な受け答えが期待できる。だから、自分のかわりに二人の日本人が、両親の話を心ゆくまで聞いてほしいというものだった。

気をよくしたリディアは、善は急げとばかり、さっそく次の日曜日にも訪ねてほしいと二人に水を向ける。両親を早く喜ばせてあげたいと願う一心で、独りよがりな提案となった。

バークレーに通う学生の良一はともかく、君敏は果樹園で働く身である。農作業の現場では、土日休みは約束されない。まして農園ではこの時期、房造りの摘房作業が待っている。急な休みとなれば、雇い主の了解を予め得なくてはならないのだ。

そのあたりの事情を説明すると、リディアもちゃんと聞き分けてくれた。都合の良い土曜日か日曜日を後日連絡すると約束すると、快くその返事を待つと言ってくれた。

7

サザンパシフィック鉄道サニーベール駅で君敏は良一を待った。レンタカーを借りた良一は、

101号線をサンフランシスコから南下するつもりだ。道筋としては一本道でわかりやすく迷うはずもない。

サンチェスはもう農場に戻ったろうか。そう思って君敏が西の方を眺めると、サンタクルーズ山脈の稜線が浮かび上がって美しい。山に囲まれるかビルに囲まれるか、都会と田舎の違いはそこだという人がいる。もしそれが本当なら、山に囲まれるほうがずっといいに決まっている。

二十分ほど待つと、白い日本車を運転する良一が現れた。これから237号線からフリーウエイ17号線に入り、フリーモントを目指すと言う。それらしい道路番号が、たて続けに良一の口から明らかにされ、君敏にはまったく不安はなかった。

車に乗っている間良一は、リディアの父親の職業をはじめ、その人となりなどを君敏に話して聞かせた。

彼はジェネラルモーターズのフリーモント工場で働いている。1963年の工場操業当初から十年以上在籍している。しかしその前は、地元にある小さな自動車修理工場に勤めていた。つまり根っからの自動車好きだというのだ。

だからこそ、日本車の燃費の良さには太刀打ちできないと認めている。まして、ここ数年でガソリンの値段が五倍にも吊り上がったせいで、燃費の良し悪しが幅を利かせるようになった。アメリカ車では経済性で歯がたたないとわかってもいるらしい。

とは言え自分自身は、ジーエムの工場で働いていることに強い誇りを持っている。娘のリディアから見てもその心境は複雑で、煮え切らない思いがあるようだと。しかも、現在乗っている二台目の車は日本のコンパクトカーなのだ。年金暮らしがまじかに迫っていればこそ、故障の少なさと低燃費を最優先して判断した結果に他ならないと。

フリーモント市役所前には見慣れた格好の日本車が停まっている。リディアが良一と君敏を迎えに来てくれたのだ。度肝を抜かれたのはその車の色だ。カリフォルニアの青空と見まごうばかりのスカイブルーだ。

「なんだ、あの色は?」

君敏は口元が綻《ほころ》んだ。してやられたという妬ましさが強いけれど、半ばあきれたという思いもある。

「日本じゃあ見かけん色だな。メタリックブルー」

君敏はもっと的確な納得のいく表現があると感じつつも、メタリックブルーしか頭に浮かばない。

「カリフォルニアらしいと言えば、それっきりだが。色までは聞いてなかったよ。ケチつけるなよ、彼女の目の前で。親父さんの趣味なんだからな」

「ケチなんて滅相もない。すっかり参りましたと言うべきだな。これ以上カリフォルニアらしい色はないからな」

真っ青な空から切り出したように、リディアの車は役所の建物に馴染んでいる。うず高いビルなど見当たらない官庁街。空が地上にかなり近い。良一はリディアの車の背後につく。ドアを開けてリディアの車に近寄って行く。二、三分で戻ってくると、車の名前をBツーテンだと言った。

官庁街に広がる洒落た街並みを過ぎると、青いBツーテンはやがて、広大な生産工場の脇を走った。その敷地がジェネラルモーターズの工場であることは明白だ。世界自動車産業の頂点に君臨するジイエムの凄さを目の当たりにすると、君敏はただ目を丸くするばかりだった。

工場区域をかすめ、小高い丘に差しかかると、サンフランシスコ湾の対岸になだらかな稜線が浮かびあがる。明らかに、サンタクルーズ山脈の山影だ。左カーブとともに、あっという間に通り過ぎたその稜線に、君敏の心は妙に和んだ。

こじんまりとした芝生の庭。数台は優にとめられる駐車場。絵にかいたようなアメリカ市民の住まい。日本ではあまりお目にかかれない平屋住宅なのも、アメリカのゆとりを感じさせる。

二台のエンジン音を聞きつけてクラウスナー夫妻が玄関の扉を開けて現れた。ジーンズに白いカーディガン姿の男性と藤色のワンピース姿の女性だ。透きとおった陽射しを反射する女性のつややかな髪が眩しい。

良一と君敏が車を降りると、クラウスナー夫妻が肩を並べて足早に駆け寄って来た。夫人が見せる衒いのない笑顔。その真ん中で、緑色の瞳がつつましやかな親しみを映し出している。

クラウスナー氏は二人に握手を求めた。君敏は握手に応じながらゾクゾクするような感動を憶えた。これまで君敏が経験した覚えのない、際立った親愛の思いがあふれていたからだ。人生で初めて受けたと言うべき熱い歓迎。表情と握手にとどまらず、全身に脈打つ、ある意味謙恭な物腰に深く感銘を受けた。日本人への思いがにじみ出ている。

挨拶もそこそこに、良一と君敏は居間に通された。そこでまず長椅子に落ち着けるかと決めつけていた君敏だったが、二人が案内されたのは、小さな額縁の前だった。

「額縁の中に収まっているのが、わたしたちの命を救ってくれたあの時のビザそのものなんです」

忘れもしない、と言ってクラウスナー氏は目を閉じた。記憶を手繰り寄せるのに数十秒かかった。

「神戸から、横浜に向かう列車の中でした。……どこかの駅で五、六人の女学生が乗車してきました。空いている席はわたくしたちの周りだけだったので、わたくしたちは二人の女学生たちと面と向かい合う格好になったのです」

クラウスナー氏は、隣の婦人に目配せをした。すると夫人はそれに応えて、

「お話の前にあなた、お二人に腰かけていただきましょう。立ったままではあなた、落ち着いてお話ができませんわ」

「すまん、すまん、つい気がせいてしまった」

長椅子に収まった良一と君敏。クラウスナー氏は額縁の前を動かず、夫人とリディアは個椅子に腰かけた。

「お二人とも、はにかみ屋さんのようでしたね」

夫人が穏やかに微笑んだ。

「目の前でずーっと俯《うつむ》いたままでいらしたのよ。他の娘さんたちはお決まりのお喋りで和気あいあいなのに、わたくしたちの前の席に座ったばっかりに、気まずい沈黙を強いられたお二人」

「申し訳なくてね。私の方から先に話しかけました。つたない英語で。さっきの駅はなんという駅だったのでしょうかとね。駅名を記した看板が目に留まったものの、漢字がまったく読めません」

両手を広げる型どおりの仕草で、クラウスナー氏はお手上げを表現した。

「すると気恥ずかしさを振り払い、お嬢さんたちは声をあわせて、まるで歌うようにですよ、

岡崎駅です、と答えて下すったの。英語を勉強されていたのね。言葉が通じたのも幸運でした。だから忘れもしません岡崎駅。わたくしたちの重苦しい雰囲気をあっという間に和ませてくれた名前ですもの」

「それをきっかけにわたしたちは、片言の英語と日本語を総動員して、会話を進めました。彼女たちは豊橋という町の女学校の学生であること。日曜日の今日、仲の良い者どうし連れ立って岡崎城を訪れたということ。その他にも、いろんなことをお喋りしました。そして当然私たちのことも尋ねられました。とは言え、欧州で耳にした情報の正確さもあやふやなので、何もかもお伝えすることは躊躇らわれました。そこでナチスの迫害から逃れるためシベリア鉄道でヨーロッパからきたこと。船の着いた舞鶴から横浜まで行って、そのあと船でアメリカに渡るつもりであることなどを伝えました」

「それを知ると、二人は黒い瞳をキラキラ輝かせて、ほとんど世界一周旅行ですねと驚かれました。でも現実には、命がけの逃避行なんですよ。そう言って不安この上ない本心もお伝えしました」

「ナチスはちょっと怖い人たちなんですね。日本は今、そういう国と手を結ぼうとしているんですよ」

女学生は眉間にしわを寄せて困惑の表情を浮かべた。

「ドイツだけではないんですよ。東隣のロシアという国も気を許せない国です。時として牙をむいて襲いかかってきます。現に今リトアニアはソ連邦の一部にされています。まるで外国の所有物みたいに、取引の道具にされる。そう言って思わずわたしは顔を曇らせてしまいました。すると女学生の一人が、わずかの間両手を合わせて瞑想した後で、このお守りをわたしにくだすったのです。突然の出来事でした。でも躊躇いはなかった。わたしも我知らず手を合わせておりました」

差し出されたなす紺色の袋。ところどころ色褪せてはいるものの、糸の解れや布の破れもなく、大切に保管されてきたことがうかがえる。

しかも袋の中央に記された金文字は、くっきりと鮮やかに、厄除御守豊川閣、と浮きでているではないか。三十五年に及ぶ月日の疲れを少しも感じさせない整った状態だ。

「清楚で純真な娘さんの願いのこもったこのお守り。片時たりとも手放したことはありません」

「わたくしたちの神様と同じにいつだって心のよりどころにしてきたのですよ。そのおかげでわたくしたちはこうして今まで、生き延びてこられたのでしょうね、あなた」

「豊橋の地で、あの方たちもきっとブッダの加護を得て戦争を乗り越えられたと思うのだが……」

「おしとやかな日本の女学生に、よほど胸を打たれたのね、二人とも……」

おしとやか……を強調して、リディアがすねたような微笑みを浮かべた。

「……愛情深く躾けられた、という意味でおしとやかなと言っただけなのよ。十五、六才と言えばまだ思春期の入り口。いまだ半野生の子供なのよ。いまどきの若い人たちを見ていると、つくずくそう思うわね」

「現代の若者を半野生とは手きびしいな。社会的動物になりきらない半野生動物かもしれんという意味だね。興味の対象も性欲や冒険欲など本能的な欲望が先に立つ。有り余る生命力が、行き場もなく空回りしていて、まだ尊いものに昇華しきってはいないきらいがある」

「なんだか、わたしがお目玉を食っているみたい。でもわたしや友人たちが煙草に手を出したのもそのころだったわ。幼稚な冒険欲と揶揄されればそうかもね。だけど、漲る生命力をひた隠しておしとやかな振りをしているのも可哀想だわ」

「彼女たちが一途な信念に凝り固まっていたとは思いたくない。息苦しさと窮屈さを感じていたとしても、心に自由は溢れていた。それゆえ、人間愛溢れた行動で私たちに接してくれることができたのだ。見習うべきことだよ」

「時代風潮は無視できないわ。世の中の流れには逆らえない威力があるもの。まして、わたしたち自身の関心が社会に向くには結構な時間と経験と、知識がいるのよ。普通の平凡な少年少女にはハードルが高いの。どうしても本能の誘惑に負けてしまうのよ、あの年頃は……」

リディアが煙草を吸っていたとは初耳だった。良一が驚きを隠さずリディアを見ると、照れくさそうに顔を伏せた。

「わかったわかった、もういいよ。おまえはこうしてちゃんと軌道修正をした。人生の意義ある目的を見つけた。煙草だってやめてくれたし、私たちの苦労話にも真剣に耳を傾けてくれるようになった。社会に目が向いてきたのは大人の証だよ」

「あなたももう、分別ある心をもったひとかどの大人よね。くじけないで進んでもらいたいわ。わたしにだって素敵な夢があったのよ。いつの間にか生き延びることだけが唯一無二の目的になってしまったけれど」

夫人の顔に悔しさの翳りが射した。

「夢を持てる。それはしあわせの証に違いない。叶えられれば尚更いい。今のリディアも、そしてあの時の日本の女学生たちも」

気がかりなのは……君敏がおずおずと口を開いた。

「豊橋の隣に豊川という町があります。その町が、一九四五年の敗戦間際にアメリカ軍の激しい空襲を受けました。海軍の兵器工場があって、そこが狙われたのです。数千人の犠牲者が出ました。豊橋と豊川に暮らす学生と若い女性たちが多かったようです」

君敏の発言が、クラウスナー夫妻の身を固くさせた。言葉も喉の途中で止まってしまったようだ。困惑と不安に取りつかれている様子がありありと見える。

「……頼めないかしら」

しばしの静寂を断ち切って、夫人が身を乗り出した。良一と君敏は顔を見合わせて、次の言葉を待った。

「厚かましさを承知で一つお願いがあります。あの時汽車の中で、このお守りをくれた方を捜してもらいたいの。あなたが日本に帰ってからでかまわない。新聞か何かでもってその旨を広く人々に告げて、手掛かりを見つけてほしい」

夫人はいきなり夫の左手を握った。するとクラウスナー氏は、顎を引いて目をぱちくりさせた。さすがにその申し出は聞き覚えがないらしく、夫人の言葉がそら耳のように感じられたのだ。

「……うーむ。厚かましいというか、虫の良すぎるお願いというか……」

「他人任せはいけないわ、お母さん。お母さんが自分の手で捜せばいいのよ。日本の新聞社に手紙を書くところから始めたら……」

夫人の願いを軽く突っぱねると、リディアはコーヒーを淹れてくると言ってそそくさと台所に消えた。

「いや、待ってください。回りくどい方法では時間がかかります。僕が引き受けましょう。ナチスだけじゃない。何度か旧大陸では、ユダヤ民族をゲットーに閉じ込めた歴史があります。エジプトやバビロニアでこうむった耐えがたい苦難に比べたら、人捜しなどどうということはありません」

その比較、ちょっと大げさすぎるな。良一は呆れ顔になった。

「第一、安請け合いはよくないぞ。一旦引き受けた以上、責任があるんだぞ」

心配顔に変わった良一が、眉をきりっと引き締めた。

「僕の故郷は岐阜なんです。確か杉原千畝さんも岐阜の人。同郷のよしみは何物にも代えがたい。きっとお役に立ちますから任せてください。お二人とも大船に乗ったつもりでいただいて構いません」

君敏に懸念はなかった。この種の美談、ましてや戦時中に実在した外国人との触れ合いとなれば、地元新聞社は放ってはおかない。十中八九協力を受け合ってくれるはずだ。たからといって、美談の主人公たちが見つかると言う保証があるわけではないのだが。

「ひとつ心配なのは、広く新聞で訴えかけても必ず見つかるとは限らないということです。何しろ、一億分の一の確率ですから。その点だけは承知しておいてください」

クラウスナー夫妻は深く頷いて、安堵の表情に戻った。

三十五年間、片時も忘れ得なかった日本での体験。極東の醇風美俗に接した梅雨晴れの昼下がり。汽車に乗車中におきた束の間の出来事だった。にも拘らず、冷めることなく温め続けてきたほとばしる思い。

まして当時の自分たちは、鬼が出るか蛇が出るか、皆目見当のつかない手探りの脱出行のさなか。一瞬たりとも気の抜けない時が経過するなかで、さながら鳩時計が刻むかのように過ぎた、微笑ましくも若やいだあのひと時。

それは長らく気にかかっていた胸のつかえであった。そのつかえがやっと消え去り、大切な忘れ物をようやく捜しあてた喜び。クラウスナー夫妻は良一と君敏のおかげで、このうえない幸福感にひたることができたのだった。

コーヒーカップを四個、リディアがベージュ色の盆に載せて戻ってきた。

傍目にも熱のこもった四人の遣り取り。せっかく親しい男友達を、お待ちかねの両親に合わせるために招いたはずなのに、父と母の関心はもっぱら古めかしい日本のお守りに集まってしまった。あげく、そのお守りの主まで見つけたいと言いだす始末。

生死の境目を生きた戦争中の思い出。何にも代えがたい大切な思い出なのはわかるけれど、主役の自分を置き去りにしたうえに、自分勝手な頼み事まで二人に押し付けるとはちょっとひどい。

腹立ちまぎれもあって、孤影悄然とした思いで席を立ったリディア。台所でコーヒーを淹れながら気を取り直し、頃合いを見計らって居間に戻ってきたのだ。作り笑いは、我ながらぎこちないものになった。

「リディア、ちょうどよかった。コーヒーで祝杯だ」

「ええ、ちゃんと聞こえていました。お父さんが一途に願ってきた甲斐があったというものね」

心底願い続ければ、神様が微笑んでくれるものなのね。クラウスナー夫人は控えめに十字を切った。

「ところで、コーヒーカップに続くあなたの作品はいつ完成するのかしら?」

感謝の行為を終えたとたん、テーブルの上の白いコーヒーカップに夫人の視線が注がれた。カップが夫人の記憶を手繰り寄せた。

「そうだよリディア。そろそろ痺れのきれる頃だぞ」

「何よ、いきなり……」

まごついたリディアは、咄嗟の返事が見つからない。まさか突然、自分に話題が降ってこようとは思ってもいなかった。

「もう少し大きなものを、と意気込んでいたから、水差しか花瓶かなと期待していたのだが…

……」

「それからもう三か月よ。待ち遠しいったらありゃしない」

クラウスナー氏と夫人は、浮かぬ面持ちで互いを見交わした。

「覚えているわよ。でもね、気が変わったの。かまわないでしょう、創造力は自由なんだから」

「水差しや花瓶に代わって、何がリディアに舞い降りたのかな?」

クラウスナー氏は、皮肉っぽさをにじませながらも、興味津々で訊ねた。

「……イルカに乗った少年かしら」

すまし顔のリディアは、小さく口をすぼめた。呆気にとられた四人の関心を手繰りこむような、得意げな面持ちだ。

イルカと少年。それはお似合いの取り合わせに疑いはない。どこかしらほのぼのとした絵柄が思い浮かぶ。ただ、クラウスナー夫妻の頭は混乱した。

「ひと昔前、そんな題名の映画があった。イタリア映画だったかギリシャ映画だったか……」

「舞台はギリシャだけど、れっきとしたアメリカ映画よ、あなた」

「エーゲ海の小島に暮らす海女さんが、偶然海底で見つけた古代の彫像。それがいるかに乗った少年だった。そんな幕開けの映画だった」

「主役の海女さんを演じたのがイタリア女優のソフィア・ローレンでした」

　クラウスナー夫人は自信満々だ。

「どうしてなかなかの好演だった。西洋人の私たちにとって、ギリシャ、ローマ、エーゲ海とそろえば、古代への郷愁をかきたてずにはおかない」

「血が騒ぐのよね。今でも映画音楽として有名よ、イルカに乗った少年。でも私が惹かれたのは音楽じゃないの」

「二千年の眠りから醒めた金の置物。虜になったとしても仕方ないね」

　良一が口を挟んだ。

「ギリシャやローマという時代には、市民が自由を謳歌していたのよ。そんな時代の空気は奔放で甘やかで、すごく憧れるわ」

「古代の自由市民なんてほんの一握り。ほとんどは、虐げられた奴隷的身分の人たちだったと思うな」

「民主社会の現代と違って奴隷制社会の時代ですから、それは仕方ないわね、良。自由市民の贅沢な芸術性を叶えるのは束縛された職人たちだったのよ」

「誰の作かはともかく、なんか、海底に埋もれた黄金を捜すって心躍りますね。イルカに乗った少年と呼ばれる財宝が、何千年も出会いを待って海の底に眠っていた」

「奇跡的に発見された財宝をめぐって、人間の欲望が錯綜する。筋立てとしては珍しくもないものだという気がするんだけどね」

「良、言ったでしょう。私の興味はギリシャ、ローマという古い古い時代への憧れなのよ。その憧れを形にしたいの」

憧れは想像力以上に自由なのだ。良一はそう思いつつ、もの思わしげなクラウスナー氏の反応をうかがった。

「……まあ、イルカでも鯨でも構わんが、納得のいくまで練り上げて、満足できる作品を仕上げてもらいたい。ただしだ、駆け出しの新米であることを忘れないでほしいね。初めっから気合を入れすぎないほうが無難だと思うぞ」

ギリシャ、ローマの作品に理想を見たといえばルネサンスの芸術家たちだ。ダヴィンチ、ラファエロ、ミケランジェロという名前がクラウスナー氏は思い浮かぶ。皆が皆、優美で磊落な造形に心ひかれ、欣快至極な創作活動に打ち込むことができた。東方貿易で財を成したメジチ家など金満家の援助をうけたおかげでもあった。それゆえルネサンスはキリスト教の禁欲主義から、人間の自由な創造力を解放させたともいわれる。

キリスト教が、政治も社会も経済も芸術も何から何まで支配した中世。その末期を迎えると、自由を雁字搦めにされた人々は古代ギリシャ、ローマ文明に、解放された人間の姿を見出だした。そしてルネサンスの花が咲き乱れた。文芸復興と呼ばれる所以であり、近代西洋美意識の礎を築いた時代なのだ。

翻って我が娘。親の束縛から逃れて自由を求める欲求が抑えきれないようだ。クラウスナー氏は、悩ましい心境になった。いくばくかの覚悟はあったものの、遅ればせながら訪れてみるとやはり頭が痛い。

もしも彼女が、今以上の更なる自由を求めてやまないとしたら……例えば、陶芸の研鑽を積みたいとか、修業のために日本に留学したい、などと我がまま勝手なことをいいだしたら、自分はどうとりなしてよいのだろう。物分かりの良い父親を自負する我が身であればこそ、無下に引き留めることもできない。悩ましい限りだ。

歯止めのない自由というものは、大いなる苦悩を生み出す。クラウスナー氏の心の中は千々に乱れる。

8

ピーター・クラウスナーは愛車フォルクスワーゲンのハンドルを握っていた。カリフォルニア州立大学サンフランシスコ校医学部からの帰り道である。

妹のリディアが日本人ボーイフレンドを連れてくると聞いて、補充講座を早めに切り上げ家路についた。

サンフランシスコからベイブリッジを渡ってアラメダに出た。眼下に広がる海面の青さは、いつにもまして神秘的な輝きをたたえていた。

海軍のアラメダ基地を過ぎると、オークランド国際空港が現れる。ニミッツフリーウェイ沿線は大規模施設が目白押しだ。

南下しながらピーターは、ラジオの討論番組に耳を傾けていた。今日の論点は、あなたは拳銃を携帯しているのか? という興味深い内容だ。退屈さはこれっぽっちも感じさせない
エデン山の麓を通り、ヘイワードに至るころまでに、八人が電話応答でラジオに登場した。八人のうち、三人が携帯していると答えている。その理由を司会者に問われ、単純明快、自己防衛のためだとけれん味なく答える。さらに司会者が、過剰防衛に至る可能性はないか?と問うと、逡巡するいとまもなく、あると答える。

その正直さには敬意を表するとしても、ピーターは苛立ちを禁じえない。過剰防衛が起こりうるとはつまり、誤って人を射殺しうるということではないか。

学校が銃乱射の舞台になる事件が多い。異なる人種を標的にした乱射事件もたびたび起きる。

人間の行動が感情によって動気付けられる以上、拳銃の携行は犯罪と背中合わせだろう。危険極まりないのだ。

ピーターはラジオから聞こえる会話に一喜一憂しながら、持論を反芻していた。――拳銃なる武器は、うやうやしく神棚に供えておくものだ――すると隣の車線を行くコルベットの助手席に座る男が、ピーターに向けて銃口を向けてきた。薄気味悪い笑顔が、冗談冗談と悪ふざけらしい白い歯を見せて追い越していった。

フリーウエイを下りて一般道に出ると、フリーモントの自宅が近い。ジーエムの巨大工場も間近だ。一九六三年に設立されて以来、フリーモントを象徴する存在となった。地域の誇りでもある。

南を向いた小高い丘の斜面。その斜面をそっくり利用して、なだらかな緑の絨毯が広がっている。日光浴を楽しむ人たちで賑わっているのは、いつもと変わらない。

その公園を横に見て、ふたつ目の角を右に曲がる。瀟洒な住宅街の中に、ほどなく我が家が見えてくる。

駐車している日本車の隣に、ピーターは愛車フォルクスワーゲンを滑り込ませた。つかの間、ここがアメリカであることを忘れさせる光景だ。駐車する四台のうち、国産車は一台のみなのだ。石油危機の置きみやげだ。

足音を忍ばせて、ピーターは扉の前に立った。耳をそばだたせても、賑やかな話し声が聞こえてくる気配がない。

お兄さーん……声の主を振り返ると、リディアと二人の人影が目に入った。

「どこに行っていたの？」

ピーターは、のん気なものだとでも言いた気に眉を寄せた。

「散歩よ、散歩。家の中ばっかりじゃあ退屈でしょ」

「どうりで家の中が静まり返っていると思ったよ。父さんと母さんはいるんだろう」

そう言いながらピーターは三人に歩み寄った。良一と君敏に向かい、よく来たね、と言葉をかけながら顔をほころばせた。

「角が取れたお洒落な車ですね。フォルクスワーゲン・カルマンギアですね」

午後の陽射しを反射して、ベージュ色の車が鎮座している。隣のBツーテンと比べると、重厚さと風格に勝る。

「ビートルもいいんだけど、僕はこっちの方が気に入っている。やっぱり、曲線が優美で、上品だよね」

「カーマンって、車人間という意味でしょう。自動車の神様みたいな名前だね」

いきなり君敏が口を挟んだ。カルマンがカーマンと聞こえたらしい。ピーターと良一がまじまじと君敏を見た。二人ともポカンとして、口が半開きだ。

「カルマンって、そういう意味だったのね。なんか駄洒落もどきだわ」

真面目な顔をして念を押すリディアに、思わず良一が吹き出した。

「カルマンさんはドイツ人だよ。自動車ボディ専門のメーカーなんだ。そのボディに、フォルクスワーゲンのエンジンを積んだのがカルマンギアだよ。ボディのデザインを考えたのがギアさんだから、カルマンギアと命名された」

「だとしても、そっくりよね。カーマンとカルマンって」

いまだ腑に落ちないと見えて、リディアは引き下がる気はないらしい。

おーい、何をしている？早く家の中に入ったらどうだ。クラウスナー氏が待ちくたびれたといった面持ちで玄関から姿を見せる。アーモンド色のポロシャツが、薄暗いドア影から麗しい陽光の中に現れた。

「ちょっとね、この車の話をね……」

歯切れの悪さが露わで、ピーターの戸惑いがのぞいた。

「この車は、形こそ違え、中身はほとんどフォルクスワーゲンだぞ。ナチス独裁の時代に、ヒトラーが提唱してこしらえた国民車に他ならない。ヒトラーの息がかかっている。だから俺は好きになれんのだ。理屈なんかじゃない」

最後は語気を荒げたせいで、舌がもつれそうになった。クラウスナー氏の思いが、ひときわ際立つ発言。ウィリアムだけでなく、四人うちそろって首をうなだれ沈黙した。

君敏は世代格差という現実を目の当たりにした思いだ。ナチスに迫害され、命からがら米国に逃れた親の世代。いっぽう、自由の国アメリカに生まれ、取捨選択に歴史的なこだわりを持たない子供の世代。人間が時代を母とする以上、それは仕方のないことかもしれない。栄辱の物差しこそ、時代によって変わるのだろう。

家の中に戻ると、クラウスナー夫人とリディアは夕食の調理のため台所に入った。加えて、いささかご機嫌斜めと見えたクラウスナー氏も、気疲れと称して、遠慮がちに書斎に消えた。そのせいで、居間には良一と君敏、そして帰宅したばかりのピーター、三人が残されることになった。話の口火は、ピーターが切った。気負いなく自然な物腰だ。

「帰りの車の中で、ラジオを聞いていたんだ。聴取者参加の討論番組だよ。日本にもあるだろうか？」

ピーターは良一と君敏を交互に見た。

「曲をリクエストする番組が多いけど、意見交換を目的としたものもあるにはありますね」

「ただし、今日のようなテーマはないはずだと思う。なんだか当ててみてよ」

いたずらっぽい微笑みで、ピーターの口元が弛んだ。

「……ベトナム難民の受け入れ問題は、関心が高いんじゃないのかな」

良一が答えた。

「僕は、人種差別問題だと思う。こいつは永遠のテーマだよ。米国は今も昔も移民国家なんだから」

「図星と言いたいが、二人とも外れだな。ともにアメリカ特有の問題に違いないけど、今日のテーマはそうじゃないんだ」

「……ひょっとすると、拳銃じゃないですか。銃規制問題」

「君敏、当たりだよ。でも、銃規制も幅広いんだけどな……」

銃規制が幅広いとは思ってもみない君敏。皆目見当がつかないというような表情を浮かべると、

「キャリー・ア・ガン。これでピーンとこないかな？」

「なるほど、銃を携帯しているかどうかの問いかけですね。拳銃を日頃からホルスターに収めて持ち歩いている人がどれくらいいるのか、興味津々でもあり、また恐ろしくもありですね」

正直なところ、君敏はあんまり聞きたくはない数字だ。もしもそれが、半分にも達していたとしたら、即座に日本に帰りたくなるに決まっている。

「安心して下さい、と言いたいところですが、実は耳の痛い数字になりました」

「まさか、五十パーセントなんてことはないでしょうね」

良一が咳き込みそうになって身を乗り出した。

「そんな、アメリカ人さえ震え上がるような割合にはならないよ。町行く人の半分が拳銃を携帯しているとしたら、ほとんどそれは戦争状態じゃないか」

「希望的観測を言えば、三十パーセントくらいであって欲しいですね」

「我が国は比類なき危険な国と思われているようですね。まあ、銃の乱射事件が止めどなく起きるので、そいつも仕方ないかもしれない。聴取者の回答が示した数字はと言えば二十パーセントでした」

「十人中二人ですか。思ったより少ないですね」

「ラジオの意見収集だから、鵜呑みにはできないけれど、まあその程度ならホッとするよな」

君敏の反応を見極めながら、良一は頬を緩めた。本当はもっと多いと思いつつ。

「待ってくださいよ。周りにいる人間の十人中二人が銃を懐に忍ばせている。そいつはつまり、街中で人とすれ違うのも命がけだということだよ」

じれったさを滲ませてピーターは顔を曇らせた。

「そうかもしれない。これまで無頓着でした。知らなかったからまったく警戒もしていなかった。知らぬが仏ってやつです」

仏様の国日本では……君敏は日本の現実に触れた。とっくに承知かもしれないが。

「銃刀法という法律があって、銃どころかナイフだって持ち歩きはできないんです。刃渡り何センチとかが決まっていて、要するに、殺傷能力のある凶器たりうるものは禁止されているわけです。おかげで日常生活のなかで、銃やナイフに対する恐怖はないですよ」

「町歩きが楽しくなるだろうね」

「それでもたまに、事件になるようないざこざは起こります。傘が当たったの、バッグが触れたのと、取るに足らぬ理由ですよ。人間同士ってのは、厄介なもんですね」

「だからこそ、凶器を規制する法律が必要 です。我がアメリカにもね。君たちがラジオで、法律も含めた日本の現状を紹介してくれればよかったのだが」

ただ……と言いかけて、良一が言葉を呑み込んだ。

「どうしました？　遠慮せずに言ってください」

「ええ。まあ、その……テレビドラマの話をしようかと」

「ラジオではなくてテレビですか。もしかすると、西部劇ですか？」

何か目星がついたらしく、ピーターは言い終わってからニヤリとした。

「子供の頃、夢中になって見ていたテレビ映画がありました。『ライフルマン』とか、『ローハイド』という西部劇です。ふたつとも、人間と同じくらい銃が主役になっていた。ギャングをやっつける『アンタッチャブル』でも、やっぱりそうだったかな。悪い輩《やから》をやっつける銃には、嫌悪感はほとんど持たなかった。あれは一体何だったのでしょうか」

「子供特有の無邪気さのせいでしょう。決して幼い心が殺傷を好んだのではない。アメリカでも同様でした。だからこそ、やがて批判の声が湧き上がった。人を小馬鹿にするお笑いとか、勧善懲悪とはいえあまりに暴力や銃を礼賛しすぎているアクションとかね。その批判を受けて、社会派のテレビドラマが登場したんです。僕が好きだった『ベン・ケーシー』もそのひとつです」

知っています、ベン・ケーシー……君敏がいきなり声を割り込ませた。

「日本でも放送があったんですね。それはまた感動的だ」

大きく瞬きをするとピーターが薄緑色の瞳を輝かせた。

「なんだよそれ。ベンとかケイシーとか。チンプンカンプンだから僕にもわかりやすく説明してくれよ」

拗《す》ねた口振りで、良一が君敏に返答を求めた。ベン・ケーシーなるテレビ映画の題名が初耳だとは、君敏にとっては、それこそが驚きなのだ。

「視聴率五十パーセントを記録したこともあるんだぞ。当時だって脅威の米国テレビ映画だった。脳外科医が主人公。彼の名前がベン・ケーシーなんだ。有能なんだけど、ちょっと自信過剰なところがあってな、周囲の人たちと様々な軋轢を生ずる。そんな軋轢を乗り越えて、彼が人として成長してゆく姿を描いたドラマですよね、ピーター」

「病院に入院した経験がなかったので、まず第一にそれがとても新鮮だった。そして何より、自分と同僚には厳しいが、患者には優しいベン・ケーシーが魅力的で憧れたね。僕が医者になろうと決めたきっかけになったんですよ、ベン・ケーシーが」

「十年前くらいですよね終ったのは。ちょうど僕たちが思春期で一番多感な頃、ああいう魂を揺さぶるようなドラマに出会えて本当に良かった」

「同感です。僕の人生を導いてくれた」

「僕は学力不足がたたって、医学部には行けなかった。まあ、血を見ると腰が引けてしまう性分では元々無理だったんでしょうが」

「僕もそこまで臆病じゃないけど、やっぱり血は苦手だな。外科医でなくてよかった」

「ピーターは元々血を見て震え上がるような経験はなかったのかな。テレビにしたってまだ白黒で、色はついてなかったとは思うけれど」

どう考えても良一は、鮮血を前にしてうろたえたことのない人間がいるとは信じられない。強がっているだけかもしれない。

「血は単なる赤い液体ではない。命の源泉なんです。人の体内において赤血球は二千億個、白血球は一千億個が日々生成されています。細胞の母なんです。そう思って見てもらえば、ありがたくて神秘的で、このうえなく頼りがいのある存在ではありませんか。決して恐怖の種なんかではない。余り血を毛嫌いしないでやってください」

苦笑いを混じえつつも、ピーターは眼差しに有無を言わせぬ鋭さを込めた。

「二千億個と一千億個ですか。途方もない数ですね。まるで星を数限りなく生み出す宇宙のようですね」

余りの数の多さに、良一は耳を疑った。何千億にも及ぶ数で即座に連想できたのは、宇宙しかなかった。

ピーターは一瞬目をしばたたいた。宇宙になぞらえられて、いささか戸惑いが生じた。

「……いずれにしろ、日々何千億個の血球を生み出す生命力は驚異ですよ。その驚異を可能な限り永く続けられるようにするのが、医学の使命なんです」

一転、とっておきの笑顔になったピーターは、さっと椅子から立ちあがった。それから扉のほうを向いて、やあ、父さんと屈託なく呼びかけた。

はやめの夕食は、いつになく賑やかになった。四人家族のクラウスナー家だが、連日医学部の授業が立て込むピーターは、夜遅い帰宅が当たり前て、家族がそろう食事の席には滅多にいなかった。だけど今晩は違う。ピーターの姿がある。ただそれだけで、リディアは心弾むのだ。母と二人、腕によりをかけてこしらえた我が家の家庭料理。母に言わせると、リトアニアではキビナイと呼ばれる食べ物。万人に好まれるミートパイの仲間。それをわたくし流に手を加えて仕上げたさっぱりとしたミートパイ。日本人好みを意識して、脂っこさを控えたのが良かったのか悪かったのか……。

父と母が三十五年の間、心を砕いてきた気がかり。リトアニアからアメリカに向かう逃避行の途中、偶然出会った日本人女子高校生の消息。その消息をたどってくれそうな日本人が二人。彼らの好意に感謝する心はそれとして、食事の席を共にする今、彼らの反応がなぜか気になるリディアである。

父と母が希望の兆しにたどり着いた喜びは何物にも代えがたいとリディアは思う。父と母の気がかりは、とりもなおさず自分たちの気がかりでもあるのだ。なぜなら二人がいなければ、自分たちはこの世に存在しなかったからだ。

それを思えば、すべての人の命が今あることは奇跡に違いない。太古の昔から連綿とつながる生命の糸が、どこで途切れても奇跡はおきないのだ。父と母は言うに及ばず、到底さかのぼることの能わぬ遥か昔の先祖たちに至るまで、生命の営為に感謝を捧げたいリディアだった。

「ドイツからポーランド、バルト三国にかけては、ジャガイモが主食と聞いていた。だけど今日の料理にそれらしいものはなかったよな」

良一の独り言は、君敏には聞き取れなかった。

「厳格なユダヤ教徒は豚肉を食べないとクラウスナー氏は言っていた。俺の記憶が間違っていなければ、イスラム教徒も豚肉は禁忌だと思う。これは偶然の一致だろうか？」

サンフランシスコに帰る車中、心地よい座席に身を沈めて良一は君敏に話しかけた。

「イスラム教とキリスト教は、ユダヤ教を母体にしている。同じ禁忌があっても不思議じゃない」

運転する良一の耳元で君敏が囁く。

「だとするなら、キリスト教はなぜ豚肉を禁忌からはずした。何か特別な理由があるんだろうか」

「世界宗教を目指したんだろう。厳しすぎる戒律があっては、大衆がついてこない。現実に合わせた結果だよ」

眠気をこらえて口走ったにしちゃあ、まあまあまともな理屈じゃないかと、君敏は虚ろな頭で思った。そう思いつつ、浅い眠りに誘われた。

9

サンチェス農場では、カベルネ・ソーヴィニヨン種葡萄の摘房作業が続いていた。ひと房ひと房、果実粒の込み具合を見定めて、成長おくれの粒や向きの悪い粒を切り落としてゆく作業だ。専用の摘粒鋏を用いて、迷いなく澱みなく切って落とす。

当初、見よう見まねで作業を進めていた君敏だった。ほかの作業員たちが細かな注文を付けないせいもあるし、見た目など構わない醸造用の葡萄という事情もある。

手さぐりだった君敏だが数日もすると作業のコツが呑み込めた。とにかく、全長四インチ、実つき枝十一段を目安に、逆三角形の全体像をめざして形を整えてゆくのだ。つまるところ、迷ったら切る。鉄則はそれしかない。

「手際が良くなったぞ、トシ」

サンチェスが君敏の鋏使いを持ちあげた。

「嬉しいけど、まだ迷いがどこかにあるような気がするよ」

「些末な迷いはうっちゃっとけばいい。そんなことで手を止めていたら作業がはかどらない。明日までにこの木は終らせてくれよ。頼むぞ」

「了解だよ。それより、その恰好はどうしたの？」

ひと房を整え終え、君敏は鋏を止めた。あらためてサンチェスの身なりを眺めた。真新しいリーバイスの上下がドーンと突っ立っている。

「ジューンティーンスだよ。六月十九日の今日、奴隷解放の記念日だ。アフリカ系仲間の集まりがあるんだ。女房のターニャと一緒に顔を出してくるから、後はよろしく頼むよ」

チョコレート色の顔から、白い歯がこぼれる。

「知らないんだけど、ジューンティーンスってやら。どんないわれがあるの？」

「だろうと思っていたからね、お尋ねを見越して解説も用意しておいたよ。一八六五年というから、南北戦争の終結年だね。テキサスのガルベストンにおいて北軍の将軍が奴隷解放の文書を読み上げたんだ。それが六月十九日だった。我々の先祖がこの合衆国で自由を獲得した日なんだ。お祝いをしたくなる気持ちわかるだろう」

「でも、まだ祝日ではないんだろう」

君敏が口を滑らせると、
そのうちそうなるさ、と自信満々の返事を残して、サンチェスは白いシボレー・シェビーバンの待つ主屋に戻って行った。

思えば百年以上もさかのぼり、奴隷解放が宣言されたというのに、アフリカ系のみならず、南米系やアジア系を標的とする差別は依然としてまかり通っている。奴隷解放と人種差別は別物だとしても、その理念は共通するはずだ。なのに、現実は遅々としてしか動かない。

君敏は、未成長の小さな粒や、上向きだったり下向きだったりする不揃いの粒を切り落としながら、差別意識の憎むべき根深さを思った。憂えないわけにはいかない現実が立ちはだかる。

わが身に照らし合わせてみると、アメリカ社会の矛盾が如実に見えてくる。旅行者として流浪する今の自分はある意味でお客様だ。扱いにだって遠慮がある。しかし、移住者として米国に定住するとなれば、おのずから風当たりは強くなる。端的に言うなら、定住者になれば、多数者から差別される少数派として生きて行かざるを得ない。負い目は避けがたい。しかし旅行者の身であれば、そんな引け目とは無縁だ。

少数者への差別に抗うために、元々の米国先住民はアジア系なのだなどと、負け惜しみみたいなことを口走ったところで、耳を傾ける人はいない。過ぎ去った過去の事実より、大事なのは今この時だ。百年経って改まらないものは、次の百年が経っても改まらないかも知れない。

意味深い文句が並ぶ法律文書。それを読み上げただけでは、人の意識と心を劇的に変えることはできない。有効にするのは、現に存在する人間の数だ。欧州系の人間とアフリカ系や南米系、アジア系の人間の数が合い拮抗するまで、差別の芽は残り続けると君敏には思えてならない。

さらに、そうなればそうなったで、新たな危惧はある。数の上の均衡は、それまでとは異質な、より深い反目の根となりはしないかという恐れだ。互いに己の主張を前面に押し立てるのみで、折り合う姿勢がなければ、米国は分裂の危機を迎える。元々合衆国と名乗っているのだから、分裂は容易であろう。もし分裂が回避できるようすがあるとすれば、それはいつにかかって、独裁者を嫌う合衆国国民の自由な叡智による。

10

ジューンティーンスから三日目、君敏は良一を誘ってパロアルトにあるコリンズの工場を訪ねた。

もっぱら個人使用を目的とするコンピューター。それも今使われている物の十分の一にも満たない大きさで持ち運びもできる。しかも将来は通信と組み合わせて、ありとあらゆることが可能になる……コリンズが描く理想のあらましを良一に伝えると、良一は一も二もなく同行を受け入れた。念のため、乗り気になった本心をたずねると、異彩を放つ変わり者の顔を、一目拝んでおきたいという失敬で軽薄な動機であった。

サザンパシフィック鉄道パロアルト駅で君敏と良一は落ち合った。バークレー駅とは趣を異にして、かなり簡素なつくりの建屋に、良一は肩透かしを食った。スタンフォード大学のおひざ元は、バークレーほど賑やかではなかった。

駅から徒歩で二十分くらいと聞いていたコリンズの工場。自動車で迎えに行こうかという彼の好意をさり気なく断り、二人はのんびり町を歩くことに決めた。

パロアルトがサンフランシスコやバークレーと異なるのは、町をざっと見回せば即座にわかる。都会につきものの高層ビルが見当たらないのだ。学生や観光客を目当てにした食べ物屋がところどころにあるだけで、ほかは静かなたたずまいを見せる普通の郊外の町だ。

「サンフランシスコのベッドタウンなんだろうなこの町は」

良一が低い家並みにあわせるように、首をぐるりと捻った。

「四十キロ離れると、こんなにも雰囲気の違う町があるんだな。サンチェス農園のあるクパチーノはもっと牧歌的だけどな」

「だろうな。近いうちに招待してくれよ。と言いたいが、果樹園の農作業は辛そうだから願い下げだが……」

「運動音痴の俺だってどうにかこなしているんだ。柔道二段のお前が参ったをするような重労働じゃあないよ。それより、こういう郊外の住宅都市だと、普段拳銃を持ち歩いている人の割合は、やっぱりゼロパーセントなんだろうな」

数人の女学生が、反対側の歩道をお喋りしながら歩いて行く。おきゃんな町娘とはなにがしか異なる様子を目にして、君敏はのどかで平和な町だと直観した。

「ピーターに尋ねるべきだな。きっと、こう言うと思う。そいつは見立て違いです。事実、銃乱射事件の舞台になるのは都会に限りません。普段は穏やかな農村で起きることも多いんですよ。とね」

「無邪気な女学生たちからはおおよそ想像できんな。日本と同じに平和そのものの地域社会に生きているとしか思えんが……」

「うわべ、はしゃいでいてもだ、心のどこかに一抹の不安があると思うな」

「ブルース・リーのカンフー映画がもてはやされるのも、その不安のあらわれかな」

痛快無比のカンフー映画。香港出身のブルース・リーが徒手空拳で悪者と立ち向かうヒーローを演じ一躍人気者になった。

大衆の心に潜む銃への不安感が、武器を持たないカンフー空手の王者に、はかない望みを託している。もっとも現実には、素手の空手が拳銃に勝るとは思えないのだが。

女学生たちは来た道をさらに直進した。一方、良一と君敏は郵便局の角を左に曲がる。中央分離線のある広い道から、半分くらいの幅しかない細い道に入った。その道は少しばかり登り坂になっていて、進むにつれて呼吸の頻度が上昇する。その呼吸を整えようと、君敏が顔を上げた途端、目の前、右斜め前方に突如、風趣溢れる光景が現れた。

南向きの斜面を利用した公園だろうか。右手の角から、なだらかな傾斜をとって駆け上がる全面芝生に覆われた鮮やかな緑色の空間だ。しかも驚くべきことに、夥しい数の人が緑の芝を埋め尽くしているではないか。それぞれ自由気ままな格好で、数人の塊となって日光浴を楽しんでいるのである。

「おい、びっくりだな。こんなとこに日光浴の楽園があるとはな」

照れくさそうな表情になって、良一は斜面を見上げた。

「気温二十度なら爽快だろうな。湿気もないから尚更だ。大雑把に見て、百人くらいはいるだろうか」

「まじまじと睨《ね》めつけるなんてできゃしない。ビビッているのは俺たちだよ。こっちが動物園の動物みたいだもんな」

「とっとと通り過ぎようぜ」

君敏と良一は揃って歩みを速めた。わけもなく逃げるような足取りになっていた。

坂を登り切ったとこで二人やっと一息ついた。余りに多い日光浴客の視線に煽られて、思わず知らず足が地につかなくなった。通り過ぎてもなお、かすかに動揺が残っている。

坂道の頂きからは緩やかな下り坂が続く。この辺りの地形は、海面に立つさざ波に似て坂の上り下りが小刻みに繰り返される。そしてやがて、たおやかなサンタクルーズの山々につながっていくのだ。

「工場なんだから、まるっきりの工業地帯にあるのかと思ったけど、この辺りは典型的な住宅地だよな」

「電子工作の延長みたいな仕事かな。手先が器用な連中は、いろんな部品を組み合わせては目新しい商品を作りだす。何が飛びだしてくるか楽しみだよな。だけど、今はまだ暗中模索の段階なのかもしれんな」

昔懐かしい車のハンドルを握って、未来の夢を語るコリンズの弾むような声がよみがえってくる。溢れんばかりの希望に満ちている人生最良の時なのだ。

「エジソンだって雲をつかむような研究の末だよな。電球や蓄音機を発明して世に出たのは。結果大儲けをしてGEになった」

「そうなんだよ。もしも個人用コンピューターとやらが日の目を見たら、こういう住宅地みたいな場所に大きな工場ができるかもしれん。大企業になるかもしれんのだ」

そんな素朴な夢が、いつの間にかかなってしまいそうなのが、この国の強みなのだと、つくずく感じる。

工場らしい建物が見つからぬまま、君敏と良一は住宅街を歩いた。住所はわかっているが、初めて訪れる町では勝手が悪い。一見似たような白塗りペンキの木造家屋が立ちならび、どこも幸福な家族の息遣いが聞こえてきそうな町並みだ。

馬の蹄鉄を玄関戸にぶら下げたアンティックショップ。背の高い黒人青年が中をのぞいている。良一と君敏も立ち止まり、何秒か中をのぞいた。

いい時計があるんだ。青年が人の気配を察知して、ボソリと言った。

「メイドインジャパンですか？」

良一が訊ねると、

「残念ながら、スイス製だよ」

青年は首を捻り、白い歯を見せてニヤリとした。気分を害してはいないようだ。

「……やっぱりスイスの時計が気に入ってるんですね」

「でもさ、カメラとトランジスタラジオは断然日本製だよね」

青年はニッコリして大きく頷いて見せた。

「ところで、ひとつ頼みがあります。聞いてもらえますか」

「日本製品を買ってくれ、なんて頼みでなきゃ聞いてもいいよ」

青年は表情を引き締めた。

「助かります。実はこの家に行きたいのですが、道順がわからなくて困っています。教えてもらえませんか」

君敏がメモ用紙を取り出して青年に手渡すと、

「この家ならわかるよ。僕の友達が働いているんだ。小型テレビの親戚みたいなものを作っているらしいよ。この先二本目の角を右に曲がって、三ブロック行ったあたりだよ。君らも働くのかい？」

いいえ、見学なんです、と君敏が答えるのと同時に、向かいの家から大声が響いた。

ジョニー、ジョニーいつまで油を売っているんだい、早く仕事にいきなさい……青年の母親と思しき恰幅の良い婦人が、コンクリートの歩道に歩み出た。恰幅が良いとはいっても、二メートル近い長身の青年に比べると、はるかに小柄だ。

青年は一瞬顔を曇らせると、頑丈そうな両肩を小さくすぼめた。それから左の掌をひろげると、口応えひとつしないまま一目散に駆け出した。

君敏と良一は呆気にとられた。反応の速さといい、走る足取りのすばしっこさといい、青年は大柄な体躯に似つかわしくない敏捷な動きを見せたからだ。

その姿を目で追いながら、良一がひとり車道を渡って恰幅の良い夫人のもとに歩み寄った。夫人はじっとして良一が近付くのを待った。警戒されてはいないようだった。

「ごめんなさい。僕らが悪かったんです。目的の家が見つからなくて、つい息子さんを引き止めてしまいました」

「かばい立てなど無用ですよ。あの子がスイスの時計にぞっこんなのはとっくの昔からわかっているのよ。そんな欲が一つくらいはあっていいと思っているんですよ。でもね、仕事に差しさわりがあってはいけません。間違っていますか？」

大きな黒い瞳が、思い定めた信念を映し出す。揺るぎない心根に触れると、良一は二の句が継げない。

「ごめんなさい。つい甘えてしまって、息子さんに時間を取らせてしまいました。行く先の家を尋ねていたんです。親切に教えてもらいました。ありがたかったです」

君敏が加わってお礼を重ねた。

「いえ、まあ、少しでもお役にたてて良かったわね」

心ならずも耳にした感謝の言葉。婦人は戸惑いつつも丁寧に応じた。

青年が指示したとおり進むと、前庭の駐車場に見覚えのある車が停まっていた。

「どうにかコリンズの工場に着いたようだな。エレガントこの上ない彼の愛車がとまっているよ」

「ファットフェンダーというやつだな。タイヤハウスがとても立派で、ボディから飛び出しているのが特徴だ」

　良一が聞きなれない名称を使う。

「そうか、ファットフェンダーという洒落た名前がついているのか。車にも詳しいんだな、御見それしました」

「ピーターのカルマンギアがきっかけなんだよ。大学図書館でちょっと調べてみた。自動車の歴史は、とりもなおさずアメリカ産業の歴史だからな」

「コリンズみたいな直感に優れた人間が、未来のアメリカ産業の歴史を作るかもしれないな。彼の熱のこもった話を聞いていると、知らず知らずそんな気がしてくるよ。フォードやエジソンの気概が脈々と受け継がれているんだ。アメリカ魂だな」

　いよいよ楽しみになってきたよ……、良一が腕まくりをして肩を怒らせ、大きく息を吸い込んだ。

　頑丈そうな木の扉。こぶしで叩くと、君敏の手がちょっとばかり痺れた。しばらく反応を待っていると、背後の道路をユウエスメイルの郵便車が通り過ぎていく。

　配達もないのに、住居の隣に建つガレージの脇扉があいて、コリンズがひょっこり顔をのぞかせた。

「道草を楽しんだかな。人気の日光浴天国にはたまげたんじゃないか」

コリンズの手招きに応じて、二人はガレージに近寄った。

カリフォルニアらしいよね……君敏がうなずきながら微笑むと、

「白人らしいというべきだな。有色人種にその習慣はないよね。日本の町中では見かけないだろう」

太陽信仰はあるけどね……、君敏がはぐらかすと、コリンズが一瞬呆気にとられ、気のないふうに唇をゆがめた。

ガレージといっても、車が三台並ぶ間口に奥行きがその倍ほどもある。こじんまりとした日本の車庫とは異なり、全体としてかなりの広さになる。しかし、その内部に車の影はない。車の代わりに作業台がいくつか配置されて、それぞれの台で二、三人の男女が手仕事にいそしんでいる。

台の上で、まず君敏と良一の目を引いたのが、何の変哲もない小型のテレビ受像機とタイプライターの鍵盤だった。

やっぱりテレビなんだ……、良一が小声で呟いた。

「親友の良一だよ。バークレーに留学している」

「今年は建国二百年。しかも大統領選挙もあります。そんなこんなをひっくるめて、アメリカの近現代史を研究したいと考えています。ベトナム戦争にも関心があります」

明らかな困惑がコリンズの顔に浮かんだ。そして間をおかずに困惑を消し去って、

「……まあ、テレビ受像機は正式にはカソードレイチューブというんだよ。真空管の一種だね。テレビ電波に乗ってきたRGB信号が真空管で増幅されて画像が作られるんだが、個人用コンピューターではディジタル信号が送られて画像が作られる。受像機の新しい利用の仕方だね」

「……んで、絵の代わりに何が映るんですか?」

率直な質問にコリンズはたじろがず、

「今のところ文字データだよ。でもね、おっつけ絵も音も出るようになるよ。とは言っても、テレビカメラで撮った画像ではないんだよ。デジタルデータ化された信号だよ。あらゆるデータをイチとゼロを組み合わせた二進法に変換して高速処理するからね」

確信に満ちた口振りに、二人は納得するしかなかった。理屈は全然わかっちゃいないのだが、何故かわかったような気がしてくる。

「そこを理解するためにはまず、テレビの仕組みから勉強しないとだめだよね」

あきらめ顔で君敏が言うと、

「いや、それは違うよ。CRTは個人用コンピューターの主役ではないんだよ。主役は別のものだよ。半導体をはじめ、このボード上に並ぶ様々な電子部品そのものなんだ」

手近の作業台に近寄ったコリンズは、車いすに座り器用に半田ゴテを使いこなす男の横に

立った。

黒い百足のような塊。下面に左右二列で何本かの銀色の足が生え、その足が緑色をしたガラス板に穿かれた小さな穴に差し込まれている。その穴に、男は手際よくコテで溶かした半田を流し込んでいる。

「この石が中央演算装置、最先端の8ビットCPUなんだ。文字どおり、このコンピューターの心臓部。キーボードから入力されたデータを様々なコマンドを用いて処理する役割だ」

テレビ受像機から始まり、コリンズは息せき切って自前製品の解説を進める。こっちの都合にはあまり気配りがないようだ。

「こんな小さな石の中に高性能の算盤が隠れているんですか？」

君敏が目を見張ると、車いすの男はクックックックと忍び笑いをもらした。それから、算盤は十進法だけどね、と小声でつぶやくと小刻みに顔を上げた。

「ローレンス・カービーだよろしく。ところで、算盤っていうのは図星なんだよ。日本には電卓なる先駆的コンピューターがあるじゃないか。僕らの装置は、日本のビジコンやシャープが開発した電卓を革新的に発展させた代物なんだよ」

カービーにそう指摘されると、途端に親近感が増す二人である。そして良一は電卓をマイクロコンピューターと呼ぶ友人がいることを思い出した。

「君敏の親友は良一だね。僕の親友はカービーなんだよ。電子工作の名人で、このコンピューターも自分一人で設計と製造をこなしているんだ。ベトナム戦争に従軍して半身不随になってしまったけれど、まあ手作業に支障はない」

「負傷する前、休暇で日本を訪れたよ。沖縄の煌《きら》めく青い海には大いに癒されたよ。自分の足で歩いた最後の旅だった」

無念さをまったくにじませない穏やかな口ぶり。かえってそれが、君敏と良一の心に響いた。

二人はしばらく沈黙した。言葉が見つからないまま、二、三分がすぎた。

「実はカービーは共同経営者でもあるんだよ。僕がアイデアを出すと、彼が形にしてくれる。ありがたいことに、どんな注文にも答えてくれるんだ」

「おいおい待てよ。はなっから無理なご注文にはいくら僕でも添いかねますよ」

「そこいらの塩梅《あんばい》は、心得ているつもりだけどな」

二人は息を合わせて苦笑した。コリンズとカービーの役割分担がはっきりしていることが、君敏と良一にすんなり伝わってくる。絶妙な組み合わせなのかもしれない。

「このガラス基板は、世界を変える画期的な仕事を可能にする。僕らは疑いもなくそう考えている」

カービーの青い瞳に、強固な自信が漲る。

「とは言え、このボードだけでは役者が足りない。このボードにCRT、キーボード、プリンター、それにテープレコーダーが加わって初めて、このボードに血が通うことになるんだよ」

「情報をコンピューターに入力する装置と演算結果を出力する装置。二種類合わせて周辺装置《インターフェイス》と呼んでいる。演算回路と周辺装置がうまくつながれば、僕らのコンピューターは千人力だよ」

コリンズとカービーが顔を見合わせながらにんまりする。気脈を通じる相棒どうし、どんと構えて何一つ手抜かりなどないという自信を隠さない。

「おふたりの丁寧な説明、ありがとうございます。処理すべき情報があって、それを処理する装置があって、処理の結果を繰り出す端末がある。機械全体の組み合わせは大雑把にわかるんだけど、それが具体的にどういうものなのかが、まだちょっとつかめないのだけど……」

のみ込みが悪いのかしらと思いつつ、それでも解ったふりをするよりは、正直に訊いたほうが誠実なのだろうと君敏は思った。

「タイプライターみたいなものと考えていいのでしょうか」

恐る恐る良一が口をはさんだ。

「人手がタイプを打つことが入力で、それをうけて、機械の中でインクの付いた活字が一文字ずつ印字する。そして最後には、意味のある文章になって出てくる」

「いいたとえだね。文章作りとその保存なら、計算と同じように、取り分け得意な作業だと言える。だけどコンピューターは印刷する前に、文章の添削を可能にするんだよ。納得のいくまで、文章を練り上げ書き換えることができるんだ。今までにない気の利いた機械だろう」

「計算機から、全能マシンに変身させようと目論んでいるのさ」

コリンズが、えも言われぬえびす顔を見せる。個人向けコンピューターのことを考えていると、楽しくてたまらないようだ。

もっぱら数値計算をこなす計算機から、あらゆることを可能にする全能マシンに進化させる。そう宣言されても、計算と文章作成以外、コリンズの目指すところが一向につかめぬ君敏と良一である。

「電子算盤と、進んだタイプライターのほか、いったいどんなことができるのでしょうか。僕なんか、ちょっと想像がつかないんですけれど」

お手上げといわんばかりに、良一が訊ねた。

「スタンドアローン、つまり個別環境で使っていると、事務作業の効率化にとどまるだろう。でも僕らはその先も考えているんだ。ネットワークさ。通信と融合すれば、歴史上ありえなかった奇跡が現実になるんだ」

カービーが駆使する半田ゴテ。その先端で解ける半田の匂いが、かすかな白煙とともに強烈に君敏と良一の鼻に届く。

「それこそが僕たちの悲願なんだ。あまねく万人の使える画像付き双方向通信だよ」

……画像付き双方向通信？　テレビ電話？

「現実を写す映像があって、相手の顔と声があって、その上で言葉を発すれば、偽りの情報を相手に伝えられるなどということはありはしない。そういう双方向の装置がなかったせいで、これまで人類は数限りない過ちを犯してきたじゃないか。個人を標的とした反論封じの誹謗中傷からはじまり、魔女狩りや宗教対立、人種紛争、それに世界戦争。数え上げたらきりがない。とどまるところのない戦争回廊をぐるぐる回っているんだ。すべては、悪意を持った権力者、独裁者たちによる偽りの情報が生み出した悲劇なんだよ」

　斯界を憂うる崇高なる主張。君敏はコリンズの言っていることに、おぼろげながらも共感をおぼえる。人類の歴史は数限りない争いの歴史とも言える。堂々巡りの戦争回廊。そこにあらかじめ組み込まれているのが戦争回路。人目を避ける秘密の戦争回路は、これまで膨大な悲劇を生み出してきた。

　例えばそれは、キリスト教の教義に背き、地動説を唱えたガリレオガリレイ。最後は魔女の烙印を押され、理不尽にも処刑されたジャンヌダルク。ナチスによって容赦なく、家畜のごとく殺戮されたユダヤ民族。そして、世界中の町や村で、村八分の憂き目にあった数限りない名もなき人々だ。争いの回路が暴走した果ての惨劇なのだ。

絶大な力が、反論を許さぬ環境を作り出し狙った標的を貶める、にせ情報をばらまく。別世界の陰謀に、標的者は気付きもしないのだから、立つ瀬も何もあったもんじゃない。その結果生まれた無残な結果は、古今東西の人間世界に数えきれないくらいあったのだろう。歴史上の著名人から、市井の庶民に至るまで。

「コリンズさんは、ひょっとすると、ユダヤ人なのですか？」

率直さも時と場合による。いきなりの問いかけににコリンズはためらいを見せたが、不愉快そうな素振りはひとつも見せず、

「いいえ、アラブ人です。父は敬虔なイスラム教徒」

「だけど母親は熱心なキリスト教徒なんだよな。君はそのはざまで苦悶した。だから仏教に向かった」

そうかもしれない。と肯いてさらに、

「でもさ、人類を選ばれた人間とそうでない人間に分ける教えより、万人が等しい存在だという教えに惹かれるのは、無理もないと思わないか。ましてだ、開祖の血族や原理主義が富と権力を独占し、女性を日陰者扱いして、思うがままに庶民を牛耳っている。こういう現実は民主主義ではないだろう。おまけに、一言でも変化を求めると即刻、身に危険が迫る。恐怖政治そ

のものなんだよ」

いきり立つとまではいかないが、明らかに熱気を帯びたコリンズを落ち着かせるように良一が訊ねた。

「あの、僕のガールフレンドはユダヤ人なんです。両親はナチスの迫害を逃れて米国に移住しました、リトアニアから。ユダヤ教には選民思想という考え方があると聞いています。やっぱりそれは、好ましくないんでしょうか?」

僕の理解では、と前置きしてからコリンズは続けた。

「ユダヤ教もキリスト教も、そしてイスラム教も、神と契約した自分たちは特別で、だからこそほかの民を導かねばならぬという妄想があるんだよ。その土台の上に教義は成り立っている。そんな二千年前と同じ教義をいまだに固く信じている人たちも多い。この先進科学の時代にだよ。僕はどうも、その教えにはついていけないし、自分が特別だとはぜんぜん思っていない。だからやっぱり科学にも好意的な仏教がピッタリくるんだよ。アインシュタインなど西欧の科学者の多くだって、科学と両立可能な宗教は仏教のみだ、と言っているんだ。まあ、そうした発言自体ちょっと仏教に好意的にすぎるとは思うけどね」

「古代の教えも禁忌も、金科玉条のまま変えられないのかなあ。まあ幸か不幸か、僕の両親は共にキリスト教徒。おまけにそろって宗教改革を果たしたルター派ときている。だからコリンズのような悩みとは無縁だった。しかし、ベトナム戦争の戦闘で自分の身に降りかかった不幸を思うと、この頃はなぜかモヤモヤ複雑な心理状態ではある。キリスト教の世界で生まれた科学なのに、いまだにキリスト教徒とは相性が悪いようだからね」

カービーが初めて悩ましげな思いを口にすると、頃合いを見計らっていたらしい隣の作業台から声がかかった。

「コリンズさん……そろそろ昼休み。食事に行っていいだろうか？」

物怖じしない口振りで、シドニー・ポワチエに似た青年が問いかけてきた。

「すまんすまん。すっかり忘れていたよ。ついお喋りに夢中になってしまった」

「かなり白熱したお話でしたね」

青年の助手らしい隣席の女性が、チクリと一言添えた。

「みんな、一時間仕事から離れよう。めいめい予定の私用を片付けてください」

コリンズがそう告げると、それぞれの作業台に置かれた半田ゴテがいっせいにコンセントを離れた。

11

君敏と良一の昼食は、個性豊かなホットドッグになった。住居の台所に移って、カービーを含めた三人が昼食の席についた。

コリンズ手作りの創作ホットドッグには、肝心のソーセージが入っていない。ソーセージの代替はツナ缶だ。油を含んだマグロの粉砕身にマヨネーズとケチャップ、刻んだレタスがかかっている。飲み物はカリフォルニア産オレンジジュースだ。

肉っ気抜きのホットドッグ。拍子抜けは否めない君敏だった。その様子を見てとると、コリンズが、

「ツナたっぷりのホットドッグだよ。とってもヘルシーじゃないか。仏教では殺生は厳禁。生き物の命を奪ってはいけないんだ。そうだよね。特に牛と豚はね」

「彼は、ビーガンとかベジタリアンというほどストイックではないけれど、彼なりに食べ物には拘《こだわ》りがあるんだ。魚を摂るベジタリアンをペスカタリアンと呼ぶようだね」

耳慣れない言葉をカービーが口にした。

「厳格なお坊さん以外、誰も守っていない禁忌ですね、今の日本では。殺生だって、戦争も起

こしたし、毎日のように殺人事件も起きます。有名無実ってやつですよ。ところでツナ缶は、日本から個人で輸入するんでしょうか？」

君敏が確かめたかったことを、良一が先に訊ねた。

「ツナ缶はもともと米国で開発されたんだよ。だから、外国から輸入する必要はまったくないんだ」

良一がポカンとしていると、

「日本のツナ缶や精進料理が美味しいということは僕も異議はない。もろ手を上げて賛成するから、安心してください」

コリンズは良一の落胆をなだめる言葉も忘れない。

食事の後、君敏は心なしか口が重くなってしまった。ガレージで話していた時、カービーが明かしたコリンズの両親に関わる事実が、君敏の心にのしかかっていた。それはさすがの良一も変わらないらしく、新たな発言の中身は、あきらかに吟味しているようであった。

半導体と受動部品を組み付ける半田付け作業は、午後一時を待って再開されるはずであった。ところが、君敏と良一がガレージに戻ると、作業をする人たちの様子が午前中とは異なっていた。

第一に、それぞれの作業台の上にある半田ゴテの電源が入っていない。冷たいままおとなしく半田ゴテホルダーに収まっているではないか。加えて、作業者が皆同じ方向を向いている。そしてその先に、ベニヤ板半分くらいの大きさの黒板がぶら下がっているのだ。

「これから一時間ほど、コリンズの講義があるんだ。皆に個人向けコンピューターの仕組みを理解してもらうための講義だよ」

君敏と良一に椅子をすすめながらカービーが耳打ちした。

「毎日あるんでしょうか？」

良一が訊ねると、水曜日だけだと、カービーが短く答えた。

「今日は、皆も気がついているように、日本人の見学者が来ている。あの二人は、あまり二進法に詳しくはないようなので、基本から解説しましょう。それともだれか、復習も兼ねて、説明してくれますか」

コリンズが促すと、南米系と思しき青年が勢いよく手を上げた。

「それじゃあ、ホセに任せましょう。好きなように進めてください」

ホセと呼ばれたその男は、皆の中で一番の年かさのように見える。落ち着きはらい、口訣の思いあふれ、自信満々の面持ちで黒板の前に立った。

黒板の左端に、彼はまず0《ゼロ》を記した。それから静かに口火を切った。

「ゼロは六世紀にインドで定義されました。コリンズが放浪した地でもあり、やっぱり仏教が絡んでいる？　それはあんまり重要ではない。何もないのではなく、ないという存在を示す、無の演算用記号として産声を上げたのです。とても重要ですねこのゼロ。なぜなら、コンピューターはゼロとイチの世界だからです。ゼロとイチは、電気回路に置き換えると、スイッチのどういう状態と符号しますか、日本人のあなたがた、直観で答えてくれますか？」

いきなり水を向けられて、君敏はたじろいだ。ところが良一は悠然としていた。

「当然、スイッチのオンとオフがそれにあたると思います。オンがイチ。オフがゼロでしょう」

なるほど。君敏は納得する。

「そのとおりです。電気回路のオンオフはイチとゼロに対応します。二進法は電気にとってとても都合が良いのです。オンとオフ、つまりイチとゼロだけで、ゼロから無限大ともいえる数値までを表すことができるのですから」

「ゼロとイチしかないのにですか……」

「二進法は2になると桁が上がります。たとえば、十進数を順に二進法で表記すると、0はゼロです。1はイチです。2はイチゼロです。3はイチイチ」

ホセが板書した数字は上から、0、1、10、11。四段重ねだ。

「こう来ると、四はどうなりますか？」

「惰性の法則に従えば、100じゃないかな。それしかない」

「正解。それしかないのです。とても簡単で、なおかつわかりやすい」

「心配なのは、桁数がとてつもなく多くなるということじゃないかな」

やっと要領が呑み込めた君敏が、ひとつ疑問を提示した。するとコリンズがやおら脇から口を挟んで、

「二進数の桁は、2の0乗から始まって、2の1乗、2の2乗、2の3乗と上がっていくんだ。桁数の増加は今のところ2の7乗までだけど、将来は無限に近いところまでは行けると考えています。半導体内部のトランジスタゲートを増やせる余地が、かなり大きいからです」

「トランジスタラジオのトランジスタですか？」

トランジスタを繰り返して、良一の舌がちょっと縺れた。

「コリンズさん、トランジスタの説明も僕に任せてください。まず、スイッチのオンオフとの関係を二人にわかってもらってからにします」

「ごめんよ。出しゃばっちゃったよね」

唇にチャックの仕草をして。コリンズが一歩下がった。

「桁数の心配はいらないようですね。トランジスタなるものを極めて小さくできるという前提のようですが……」

「手動操作でオンオフを繰り返すスイッチはあくまで二進法のひな形です。昔は実用だったのですが今は違います。でもコンピューターを動かすための命令書であるプログラムを説明するにはうってつけなんですよ」

「プログラムは命令書なんですね」

「たとえば、ランプが三個並んでいるとします。左から、3桁目、2桁目、1桁目としましょう。良一、あなたに私が命令を出します。3番目のランプが点っていて、2番目と1番目のランプが消えているときに走り出してくださいと。言い換えれば、二進数で100、十進数でいえば4になったら走ってくださいと命令すると、あなたは100を認識すればきっと走り出す。これがプログラムの役目です」

「それはトランジスタと関係があるんですか？」

「この、ランプ点灯のスイッチの役割を担うのがトランジスタという半導体です。単体のトランジスタには、入出力用の足が三本あります」

そう言ってホセが何かを手に取って高く掲げた。

目を凝らさないとわからないくらいの大きさ。黒い碁石を四分割したほどの大きさで、確かにその下から三本白い針金の足が伸びている。色の黒い虫にも見える。

「三本の足のうち不思議なことに、1と2の間に電圧を加え微電流を流すと、1と3の間に微電流の何百倍にもなる電流が流れるのです。1と2のオンオフが、1と3の間により顕著に現れるというものです。明らかなスイッチ効果です。この微電流を流すスイッチ操作を、手ではなくプログラムが行います」

「ということは、スイッチがいっぱい集まれば、0と1の組み合わせがいっぱいできるってことですね。命令はプログラムが下す」

「そのとおりです。スイッチの巨大な集合体を集積回路と言います。数えきれないほどの0と1の二進データが構成できるというわけです」

「でも、だらだら0と1がつながっているだけでは、塊として判別しにくいんじゃないのかな」

　直観を飾り気なく言葉にした良一。君敏はなぜか、あみだくじの梯子模様が頭に浮かんだ。混沌の世界に入りそうだ。どちらにしても、二進法の仕組み以外は雲をつかむような頼りない理解にとどまるような気がしている。この先、このコンピューターとの関係は、さらに深く学びたいと願う者と、ぼんやりのままで構わないとする者に別れるかもしれない。自分はおそらく後者であろうと君敏は思う。

「私たちのコンピューターは、8ビットの塊でデータを区切っています。そこはとっても重要な決まりです。8ビットで構成されたアドレスに、8ビットのデータを仕舞う。その仕舞ったデータをプログラムで呼び出して演算処理を行う。その結果をまた、指定されたアドレスに仕舞う。倉庫の搬入搬出作業と同じですね。メモリーと呼ばれる半導体が、その都度記憶装置として大切な役割を果たします」

「演算装置と記憶装置。おまけにトランジスタなる忍者もどきまで登場すると、僕なんか周章狼狽するばかりで、少々理解を超えるような気がするよ」

そうかもしれない……コリンズが無理もないと言いたげに、君敏に肯いて見せる。

「二進数とスイッチのオンオフとの関係がわかってもらえば良しとしましょう。ちなみにトランジスタを発明したのはバーディン、ブラッテン、ショックレー。三人のアメリカ人です」

ホセの不満顔をよそに、コリンズが講義をうち切ろうとした。それを見てとると、ホセが、目の前にある作業台に歩み寄り、一枚のプリント基板を手に取った。

「良一、このプリント基板こそがコンピューターそのものだよ。演算を担う半導体。記憶を担う半導体。インターフェイスを制御する半導体。その他、抵抗やコンデンサーを含む受動部品がたくさん使われている。回路は複雑なんだよ。制作する僕らすら完璧にはわかっていないんだ。焦らず、気落ちせず、勉強していきましょう」

ホセが見事に講義を締めくくり、皆から惜しみない拍手がおくられた。

作業にたずさわる人たちでさえ、個人用コンピューターの仕組みや構造を、余すところなく理解している人たちは少ないのかもしれない。それにもかかわらず、このガレージ工場には際立つ何かがある。言わばそれは、夢の孵化場のもつ熱気であり、世界に絆の革新をもたらそうというコリンズの願いの結晶かもしれない。

何はともあれ君敏は確かにその片鱗に触れた思いだ。人と人の繋がりの飢渇を癒すべき新たな手段を、コリンズが個人用コンピューターに託した。

一部の集団が独占し、思うがままに弄《もてあそ》んできた知見。それを個人のもとに取り戻す。それぞれの個人が、知見の世界でも独立して生きられる。自分で見きわめ自分で判断する。そこに狙いをさだめていると君敏は確信する。

12

「サンフランシスコ湾にかかるダンバートン橋を渡ると、フリーモントは目と鼻の先だよ」

来た時と別の道をとって、君敏と良一はパロアルト駅に向かっていた。

「ダンバートン橋はサンフランシスコ湾をまたぐ橋なんだ。もしかすると、サイモンとガーファンクルのヒット曲に出てくる橋だろうか？」

「そいつはどうかな……」

ニヤリとして良一は言葉を濁した。


午後三時、君敏と良一はコリンズのガレージ工場を後にした。

ホセの講義のあと、二人は体験実習をすすめられた。コリンズにうながされ、二人は半田ゴテの使い方を習い、半導体の実物を見せてもらった。特に、半導体を手にした時の驚きは新鮮で、さながら高価な宝石を眺める思いだった。それは、疑いもなく魔法の宝石なのだった。

なだらかな勾配を下る道すがら、君敏はやはり、サイモンとガーファンクルの歌、明日にかける橋の文句をなぞっていた。

「ビートルズの『レット・イット・ビー』やキャロル・キングの『ユーブ・ガット・ア・フレンド』と同じ訴えかけだろうな」

何が、とい言うだけで、良一はコリンズがくれたトランジスタを矯めつ眇めつしている。子供が高価な宝物を手にした時に見せる反応だ。

「S&Gの『明日に架ける橋』の文句だよ」

「決まった橋じゃないと言っただろう」

「橋じゃなくて、歌の心だよ。ベトナム戦でアメリカ人は心身ともに傷ついた。その傷を癒すような彼らの歌が流行ったのは当たり前なんだろうな」

「コリンズのように、仏様に向かう人もいるけどな」

「それがちょっと気がかりなんだ。日本人でさえ、禅の修行まで日常的にのめり込む人はまれだよ。あまりにストイックになりすぎて、何か悪影響が出なければいいんだけど」

「心配はもっともだ。修業は深める。一方で仕事にも精力を注ぎこむ。無理が災いしなければいいのだが……」

「今の彼なら、災いが恐れをなして近寄らないだろう」

二人そこで顔を見合わせ、二度三度頷きあった。コリンズの気合に勝る者などいるはずもない。突き進むしかないのだ。

静かな住宅街には白塗りの建物が多い。長身のアメリカ杉が整列する街路は時折自動車が駆け抜けてゆくだけで、平穏無事そのものだ。その家々のどこかに拳銃が保管されているなど、考えたくもない。

七月だというのに、最高気温が二十五度を上回る日はめったにない。湿度も低く、不快指数などとは無縁だ。風土が人を育むのだとすれば、カリフォルニアで生まれ育った人たちは、穏健の気質に富むに違いない。

「フリーモントには行っているの？」

「案外、ああいう場所は気骨が折れるね。あれから一度も行ってないよ。そっちこそ、クラウスナー夫妻に約束したこと、ちゃんとすすめているのか?」

「日本に戻ってからとりかかろうかと考えていたけど、いつ戻れるかわからなくなったので、あらましを手紙に書いて父親に先日送っておいた。きっと調べてくれると思うよ」

帰る気になればいつでも戻れるのだが、サンチェス農場の居心地が思いのほか良くて、しばらくその気になれそうにない。

おい、あれを見ろよ……良一の声が突如色めきたった。とっさに、君敏は良一の人差指の先を追った。大きな白い鳥が一羽、青紫色に映える東の空に吸い込まれていく。

二人は足を止めた。そしてしばらく白い翼が遠ざかるのに目を奪われた。

「ペリカンだよ。ねぐらに帰るんだ」

「ペリカンまで住み着いているのか。ベイエリアは自然の宝庫だな」

「ペリカンくらいで驚いてちゃいけない。サンタクルーズの山にはマウンテン・ライオンまでいるっていうぞ」

「まさか……ここいらにライオンがいるなんて、うそに決まっている。あんまりでたらめ言うと怒るぞ」

君敏はちょっと目を吊り上げて見せた。

「でたらめなんかじゃない。マウンテン・ライオンっていうのはな、ピューマとかクーガーと呼ばれることもある。カリフォルニアの森に昔から住んでいる森の王なんだ」

「クーガーなら聞いたことがある。すまんすまん。うそつき呼ばわりして悪かったよ」

「一見、雌ライオンに見間違いそうな顔つきなので、そう呼ばれているらしい。いずれにしろだ、山にはピューマが好む森があり、サンフランシスコ湾南部には、ペリカンが好む湿地帯が広がっている。変化に富んでいて飽きないよな」

「人も同じだな。カリフォルニアに限らずアメリカという国自体、モザイク模様のように様々な人間から成り立っている。人種の世界旅行ができるくらいだ。とは言え、ホセが打ち明けた真実には耳を疑ったよ」

講義をすませた後の雑談。君敏と良一が明らかな半可通と見えたらしく、ホセがみずから打ち明けた苦い？過去が薬物依存だった。

「大麻依存症だったということをあの時言い出したわけ、察しがつくだろう」

ペリカンが空に吸い込まれた。良一はそれを見届けてから言った。

「今コンピューターに馴染めなくてもヤケになるな、諦めるな、前に進め。俺たちを奮い立たせてくれたんだろう」

「そうだよ。大麻依存症だった自分が、今はいっぱしの技術者となって小難しいコンピューターの製作に打ち込んでいる。匙を投げちゃいけないと言いたいんだ」

ホセも良一も、もしかすると自分を奮い立たせるために、持って回った言い方をしているのだろうか。君敏はそう気を巡らすと、恥ずかしさが込み上げてきた。

「……ベトナム戦争の恐怖から逃れるためだったんだろうな。若者たちは、こぞってハッシシなんかの大麻につかの間安息を求めた。あの時代にはありふれた現実で、気に病むような過去とは思えんが」

「ヒッピー文化なんてものもあった。学園紛争で終わった日本の若者にはわからない切実な不安が心に満ちていたんだな。ベトナム戦争だけじゃない。大統領まで辞任したウオーターゲート事件。前代未聞の事件が政治不安を煽った」

「戦争で命を奪われかねないという差し迫った不安があったよな。だが今はそれもないんだ。ウオーターゲート事件も決着した。暗雲がやっと去って、アメリカの若者たちは雨降って地固まるの心境だろう。この先どんなことを成し遂げるのか、大いに期待していいんじゃないか」

「確かに、燃え上がる前の火種に似た熱気を感じたな。コリンズがその熱源であることもはっきりしている。ただ俺はちょっとついていけない。性分でな、込み入った細かな手作業は苦手なんだよ。ブドウのお世話が性にあっている」

「そうか、まあそれもいい。農業には子供のひたむきさが必要だというからな」

うむ？　君敏がいぶかしがると、

「アルファルファを栽培するアメリカ人の友人がな、そう言うんだよ。農業には純朴な情熱が要るとな」

子供の情熱にたとえる良一に、君敏はカチンときた。先進科学を極めるのが大人で、農業に惹かれるのは子供。偏った思い込みが根っこにある。

言うまでもなく農業は、テレビや自動車のように世の中を一変させる工業製品とはわけが違う。人間の食を支える縁の下の力持ち的存在だ。なおかつ農民魂は、自然にたいする憧憬や作物の成長に寄せる喜びが重きをなして、科学や工業にはどちらかと言えば及び腰だ。あまり科学に関心がないのも事実だ。

それを思えば、農業従事者の意欲の源泉が幼い情熱にあると言われても仕方ないのかもしれない。反感と同感。相反する思いが君敏の心に同居して、人の心は常にややこしいものだ。

パロアルトの駅で、二人は別れた。北に向かう良一と南に下る君敏。

別れ際に良一は、コリンズ工場を見学したことで自身の中に隠れていた好奇心がうごめきだしたと言った。行動せずにいられない衝動がわいてくると左手でこぶしをつくった。そしてまた近いうちにパロアルトを訪れようと君敏を誘った。

誘われた君敏は、空返事を返した。コリンズ工場の再訪問より、サンフランシスコを走るバス運転手のストライキのせいで混み合う電車のほうが気にかかった。

13

組み立てた張り型に、竹ひごを螺旋に巻きつけおえると、長谷川重敏は手を休めた。浅いため息をはいて、何とかせんといかん……独り言が小さく漏れた。

「なんですかいね?」

小筆をとめて、火袋に絵付けをしていた妻の美代子が尋ねた。

「……なに、角さんが逮捕されて、テレビは大騒ぎだな、と思ってな」

「一国の総理大臣ですもんね。逮捕なんかされちゃあいかん人だわ」

「まあな。そろそろ自分の番かと本人も察しがついとったかもしれん。露払いが何人もおったからな」

それだけ言うと重敏は腰を上げた。ちょっと歩いてくる、昼を頼む。そう言って、外に出た。岐阜提灯長谷川ー控えめな看板の掛かった家を後にした。

堤防に続く坂道を一歩ずつ、いつにもましてゆっくりゆっくり登って行く。梅雨も明けたというのに、どんより曇って湿気に満ちた空気が流れる。川沿いに吹くささやかな風だ。

こんな時でも風が舞い込むのは長良川のおかげだ。堤防の上に立って、さらに勢いを増した風に頬を晒し、重敏は深く息を吸い込んだ。そして、少しずつ吐いていく。

北側には三十二年前、自分が出征した時と変わらぬ山の風景。南側には、昭和二十年七月九日の空襲から復興した岐阜の町並み。どちらも愛すべきわが故郷の姿だ。

清流長良の左手下流にかかる忠節橋。橋を渡る名鉄市内線電車の先には、ゆるやかに奥美濃の山々が控える。その山容に目を細めた後、重敏は正面から右手に目線を移す。

八百津町は真東だな……呟いた重敏は、岐阜城を頂く金華山のはるか彼方を眺めた。長良川と木曽川、川こそ違えともになじみ深い大河だ。八百津町は数十キロ先の木曽川のほとりにある。木曽谷入口に位置する。

八百津町、杉原千畝、リトアニア、ユダヤ人へのビザ発給、シベリア鉄道、東海道線岡崎の出会い、女学生がくれた豊川稲荷のお札、そして、ユダヤ難民クラウスナー夫妻の願い。目まぐるしい成り行きだ。

君敏がよこした手紙に記されていた中身を自分なりに要約して、重敏は昨日からいく度となく頭の中で繰り返している。

是非ともその女学生を見つけ出したい。頼られた自身の使命感は強い。だが、どうしたらい？　君敏は事もなげに、地元新聞社に訊けばよいと書いてよこすが、豊橋の地にツテなどこれっぱかりもないのだ。すぐには上策など思い浮かばない。

それにしても、先の戦争が終わって三十一年。年追うごとにわが国では傷痕が消え、記憶もうすまってぃる。にもかかわらず、遠い米国の地で日本と日本人に深い感謝の念を抱く人がいるとは思ってもみないことだった。迂闊といえば迂闊だ。三十年は人によって時の刻まれ方が異なるのだ。

二十分ほど川風に吹かれてから、重敏は家に戻った。梅雨明けに似つかわしくない涼しさ。湿気のせいでうっすら汗をかき、湿したタオルで顔の汗をぬぐった。

長男の君敏が長野の大学に入学。妹の礼子は名古屋の短大に通っている。子供たちが不在でも、長谷川家は人のぬくもりに欠けているわけではない。かなり平均年齢は高くなったけれど、家族は健在だ。

齢《よわい》八十を越した重敏の両親。長谷川富治とさやが、仲睦まじく並んで箸を動かしている。白飯に鮭のふりかけをまぶし、冷えた麦茶を注ぐお茶漬けが夏のおきまりだ。漬物と長良小魚の佃煮をつまみながら、三十分以上をかけて、言葉少なに箸を進める。

美代子と重敏が二人の正面に席を取り、佃煮の代わりに鰯の煮ものを前にする。箸をつける前に、重敏が珍しく話を始めた。

「お父さん、豊橋に知り合いはおらんかね。お母さんでもいいんやけど」

手を止めた二人、鳩が豆鉄砲だ。

……豊川にはおる。富治がニコリとした。

「誰やの？」

「お稲荷さんよ」

「冗談は休み休みにしてもらいたいね。今は真面目に考えてもらいたいんだよ。美代子はどうかね？」

「私は羽島の農家の娘だもの……」

「だからどうやの？　真面目な答えのつもりやの」

「なんでかしら、豊橋は遠いって感じだわね。名鉄で一本なんやけどね」

「提灯組合の慰安旅行だったかね。お爺さんと一緒に湯谷温泉に行ったわね。豊橋で乗り換えたと思うけんど」

「よく覚えているね。何十年も昔のことなんだろうに。母さんの答えがいちばん真面目やは」

「たまーにしか行かんからね。よう覚えとるのよ」

さやがにこやかに口元をほころばせた。

「組合どうしの付き合いもなかったと思うぞ。んで、豊橋になにがある?」

「君敏がな、豊橋の新聞社に口をきいてほしいと手紙で言ってきたんだわ。大事な頼み事があるそうだ」

そこに来て、四人の会話がすっかり途切れた。無理もない成り行きなのだ。今日の今日まで、わが長谷川家に豊橋の知人があるなど聞いた覚えもないのだから。

「お父さん、私にちょっと心当たりがあるわね」

箸を握ったまま、美代子が瞳をきらきらさせた。茶目っ気たっぷりに顔を輝かせた時、美代子の思いつきは端倪すべからざるものがある。重敏はまじまじと美代子を眺めた。

「いつだったか、柳ケ瀬商店街で小耳に挟んだことがあるわね。重明さんが癌で岐大病院に入院しとった時、お見舞いに行くつもりで日の出町の花屋さんに行ったわね。覚えとるかね?」

弟の見舞いやからな、長良苑……重敏が即答した。

「さすがやね。その時、長良苑のおかみさんから聞いた話だと、息子のお嫁さんが渥美半島からござったんだと」

しめた、と重敏は思わず食卓の端っこを叩いた。豊橋は渥美半島の入口だ。詳しくないはずがない。

「渥美は花の栽培が盛んらしいわね。そんな縁があって、いいお嫁さんが来てくれたと手放しの喜びようだったわね」

結構なことやわ。不機嫌そうにお婆さんがボソリと言った。

翌日、美代子は一人日の出町に出かけた。昨日とは空の様子ががらりと異なり、梅雨明けに似つかわしい澄んだ青空になった。気温も容赦ない上がり方で、午前中にはすでに三十度を上回っていた。

昨日の今日という慌ただしさに、美代子はちょっぴり戸惑いを憶えた。しかし重敏の思い入れは、美代子の意見を聞き入れる余裕などなく、仕事を二の次にして美代子は九時そうそうに家を出たのだった。

忠節橋で市電に乗車して徹明通りを南下、千手堂を過ぎ、徹明町で下車した。窓を開け放っていても、吹き込む風は生ぬるく、盛夏の到来を実感する。美代子は額の汗を拭いながら、電停の目の前から、柳ケ瀬商店街のアーケードの下に踏み入った。

美代子は二十五才の時、羽島から岐阜に嫁した。農家から職人の家に。ちょっと不安はあったけれど、重敏の人柄を信じた。自身も手仕事や商いが苦ではなかった。

日常生活の買い物は、近所の商店ですませていた。町中だけあって、個人商店はひしめいていたし、商品も十分満足できるものだった。不満らしい不満など感じたこともない。

しかし、お遣い物や贈り物となると、どうしても足は柳ケ瀬に向いた。百貨店だけでなく、専門店も軒を連ねていた。そして何よりも、普段の気のおけない会話とはどこか違う洒落た会話が好きでたまらないのだ。

祝祭日なら肩も触れ合うような人出がある。しかし平日の今日あたりは、さして混んではいない。それでも人の流れに混ざり込むと、接触を避けて歩くだけでひどく気を遣う。緊張するのだ。しかもその合間に、きらびやかな店先のショウウインドウにも気を配らなくてはいけない。いくらかのぼせ気味になるのも無理はない。

小走りで映画館を通り過ぎて四軒目。長良苑の前では先客が二人、念入りに花選びをしている。紫陽花と桔梗がお目当てのようで、向日葵には気がなさそうだ。

美代子もその二人に混じり、そそくさと仏花棚の前に立った。落ち着きはらった身のこなしに見えても、内心はドキドキしていた。話の切り出し方を考えあぐねていたのだ。

……この仏花、色合いが素敵やね。棚を見る目の焦点が定まっていない。店主の女性はそれを見て取り、

「口幅ったいようやけど、どの束も丹精込めて造っております」

そう言ってニコリとした。

「そうやわね、ごめんあそばせ」

思わず柄にもない言葉が口をついた。

「だちかんわ。お客さんに偉そうに。こっちこそごめんあそばせ」

ごめんあそばせのオウム返し。店主の粋なこころ遣いが、こわばった美代子の心を打ち解けさせた。

「お花を頂くんやけど、別にひとつお願いがあるんやわ」

「……何なりとおっしゃって下さい。遠慮は無用ですに」

「実は、話すと長くなると思い、事情をしたためた手紙を持参しております。これを渥美から嫁いでいらしたお嫁さんに……確かお嫁さんは渥美の方やったわね」

喋っている途中で美代子は、肝心なことが未確認のままだと思い当たりハッとした。

「よくご存じやね。そのとおりです」

「ああよかった。たまに話の順番があべこべになっちゃって困るんやわ」

照れ隠しの笑みを浮かべながら、手にした布袋から茶封筒を取り出した。宛名書きは、長良苑様だ。


その日の午後、客足が途絶えた時間帯、長良苑の嫁伊佐地好美は、義母の元子から一通の茶封筒を手渡された。

本人には打ち明けてはいないけれど、元子は長谷川美代子から内容のあらましを知らされており、いささか決まりの悪さを感じていた。

さりとて、文面の細部には不案内であり、こうなった以上、文面のすべてに触れたいと願うのはごく自然のように思えた。

午後八時店じまいを迎えると、元子は待ちかねたように好美に尋ねた。すると好美は、お義母さんにも読んでほしいと言って、美代子の茶封筒を差し出した。

前略

突然、お便り差し上げる無礼をお許し下さい。

……という書き出しを思いつくまで三十分ほどかかりました。ここ数十年、手紙らしい手紙を書いたことがないので緊張しております。とは言いましても、お願いすべきことはお伝えしなくてはいけないので、ここからは、くだけた普段着の喋り言葉になるのをお許しくださいませ。

先日、いまアメリカにおります息子から久々に便りが届きました。目的の学校に納める授業料を稼ぐために農場で働いているなどと暢気なものです。ただそんな暢気者が、ひとつだけ聞いてほしいというお願いを書いてよこしました。それはある事柄について、豊橋地域の新聞社に根回しを求めたいというものです。その理由を以下に述べます。少々長くなるけどごめんやに。

いきなりで悪いのですが、杉原千畝という方をご存知やろか。岐阜は八百津で生まれた外交官。私は初耳なんやけど、あなた様も初耳やろね。ご心配なく、これから私が説明します。すべて息子の受け売りでございますが。

杉原さんが日本国公使としてリトアニアという遠い国においでたのは昭和十五年。ヨーロッパではドイツとロシアが隣のポーランドという国に攻め込んだそうです。そのせいで、ポーランドに住んでいた大勢のユダヤ人が国を追われて難民になった。ドイツのヒトラーはユダヤ人が嫌いだったから、身の危険を感じたんやね。

ユダヤ人の方たちは、はじめの頃は東ヨーロッパを南に下って、トルコに入り、そこからパレスチナに逃げ込んだようです。ただそれも、ドイツの勢力が広がってくるにつれて叶わなくなった。そこでたった一つ残されたのが、ソビエト・ロシア国内を走るシベリア鉄道を使って日本にたどり着き、日本の港からアメリカや中国に渡る方法だけとなったらしいんやわ。

そこでユダヤの人たちはリトアニアの日本領事館に押し寄せ、第三国に渡るために日本国内に入れるビザを申請したんやわ。領事館というけれど、職員は杉原さん一人。ロシアの要求で領事館閉鎖の時が迫る中、徹夜を重ねて何千人ものユダ ヤ人にビザを書いてあげた。

だけどそれは、日本本国の外務省命令に逆らって杉原さん自身がヒューマニズの思いから判断したことだったのです。本国が反対したのは、申請書類に不備があったからですが、杉原さんはそこに目をつぶったんやね。将来を棒に振ったんやわ。ユダヤの人たちのためにね。生半可な覚悟ではできんことです。

そのビザのおかげで横浜からアメリカに移住して、今では幸せに暮らすクラウナー夫妻がサンフランシスコにいらっしゃいます。そのご夫婦とひょんなことから知り合いになったのが、わが息子です。息子が日本人だと知ると、ご夫妻から長年気にかかっていたある思い出を打ちあけられたのです。

ご夫妻が舞鶴から横浜に向かう東海道線の中の思い出。岡崎駅から乗車してきた女学生たちとの交流の中でおきた出来事だそうです。その中の一人が、行く先々の無事を祈って豊川稲荷のお札をくれたそうです。今でもちゃんと保管されていて、息子も見せてもらい、確かに豊川さんのお札だったと言っています。そこで思いもよらぬお願いを息子が受けたのです。あの時の女学生を探してほしいと。もう一度あの女学生と再会したいと。

息子がご夫妻の願いをかなえようと決めたこと。私は褒めてやりたいと思います。はなっから諦めるのではなく、少し糸口があれば、解きほぐす努力をする。美濃人の心意気やわね。杉原さんも美濃の人やし。うってつけの役目だと思うわ。そこで、あなた様にお尋ねしたいのが、豊橋地域で多く読まれている新聞の名前を教えてほしいということです。岐阜には岐阜新聞があります。豊橋にもそういう地元紙があるのかしら。是非とも教えて頂きたく、長々と事の次第をしたためました。名前さえ教えてもらえば、あとはお手数かけません。よろしくお願いいたします。

お返事をお待ちしております。

草々

伊佐治元子は目頭が熱くなった。日米戦に向かう前、日中戦争真っ只中の時代に、卑劣な権力にもてあそばれるユダヤ人を救う心和む逸話があった。人の心の本来は、美しいものだと思わないわけにはいかない。

元子は何故か口の渇きを覚えた。手紙を文机の上に置いた。それから台所に急いだ。冷えたスイカが欲しくなったのだ。

驚いたことに台所には先客がいた。スイカを頬張る嫁の好美だった。

14

葡萄園では八月に入るとベレーゾンの季節となる。サンチェス農場に育つ葡萄樹も、たわわに実った果粒に、少しずつ色がつき始める。ここまで君敏たちが、かかりっきりになってきた葡萄樹の世話から、だんだん手が離れる時期でもある。あとは九月の収穫を待つのみだ。

八月の中頃、君敏のもとに国際電話がかかってきた。岐阜の父からだった。

「こっちは夜中の十一時だ。そっちは朝の七時のはずだが、間違いないわな」

ほろ酔いのまま眠りに落ちる時刻なのに、今夜は妙にメリハリがある。

「晩酌は？」

「お前に電話するためにな、今夜はお預けやわ」

鼻先でフフーンとかわしてから、

「電話代高いんやで要点だけ伝えるぞ。豊橋には東愛知新聞という地元紙がある。その編集部と中日新聞東三河版の編集部両方に投稿した。特別なツテがあるわけじゃないんでな、これが精一杯だ。戦時中クラウスナー夫妻に豊川稲荷の厄除札を贈った女学生を探してほしいという内容だ。結果は何か月もかかると思う。わかったら知らせる。母さんに代わろうか？」

父親らしい気遣いだったが、君敏は反射的に断った。するとそのままためらいもなく電話が切れた。簡潔明瞭、気の利いた文句ひとつない。

受話器を置くと、君敏は再びそれを取上げた。さっそく良一のアパートに電話をかけようと思った。善は急げだ。

例によって、人当たりの柔らかい気の良さそうな管理人のおじさんが出た。二、三分たって良一の声が届く。

「おー、早いじゃないか」

「まあな。収穫準備で朝は早いんだ。ところで、今しがた俺のおやじから電話があったんだ。クラウスナー夫妻の尋ね人の件だよ。豊橋の新聞社に経緯を書いた手紙を投稿したと言うんだ」

「そいつはありがたい。期待していいんだろうな」

「心配みたいだな」

「いやな……俺はさ、新聞社に直談判にいってくれるもんだとばかり思っていたからな。ちょっと意外だった」

「気おくれだな。一介の職人だからな。新聞社は雲の上の存在なんだよ、わかってくれよ。記者なんか、親父からすれば殿上人みたいなもんだ」

「……本当は庶民に一番近い良き友なんだけどな。まあ、昔の人には敷居が高い。時間がかかるのも許そう。二、三か月はかかるだろうな、早くても」

「だろうな。ところでお前、サマーセッションは受けないのか？　もう夏休みだろう」

「やめたよ。ここんとこコリンズの工場にぞっこんでな。今じゃ、次の新製品に取りかかろうって、入り浸っているよ」

　興味だけにとどまらず、すでに実務にまで踏み出していると知り、君敏は驚きを隠せない。気の早い性分のなせる業だ。

「軽率じゃないか。学校やめて働こうなんておっちょこちょい、やめろよ」

「お前に言われたくないぞ。すっかり果樹園労働者じゃないか」

　ごもっとも。君敏は苦笑した。

「コリンズの理想を一緒になって追いかけるのはかけ値なく楽しいだろうな。そいつはわかる。しかしだ、心を鬼にして言えばだ、コリンズといえども失敗の可能性は排除できない。わかっているんだろうな」

「もちろんだ。先駆けに失敗はつきものだからな。何もかも織り込み済みだよ。それくらい個人向けコンピューターに首ったけなんだよ、俺は」

　ベトナム戦争に敗北したアメリカの歴史を学びたい。良一が留学に踏み切った理由ははっきりしていた。にもかかわらず、一年もたたぬうちに見事な方向転換だ。

二人を引き合わせた俺は立つ瀬がないではないか。道を誤らせなければよいが……君敏は、自分が出すぎたことをしてしまったという後悔に見舞われた。

「お前のおかげで人生が変わったよ、なーんて言わないから安心しろ。コリンズに会わせてくれたお前には感謝してるんだ。福の神だよ、お前は」

「返事に困るぞ……コリンズの反応はどうだ。お前もそれとなく座禅に誘われたりしていないか」

目論見が当たりコンピューターの啓蒙が思いどおり上首尾となった。コリンズは内心ご満悦だろう。しかし君敏は、彼の座禅修業のほうが気にかかる。なぜだか心にわだかまっているのだ。

「仕事と同じくらいのめり込んでるな。近頃は日本の禅寺とも連絡を取っているみたいで、ますます心酔してるってとこだ」

いよいよ君敏の懸念が現実になってきた。すでに深入り状態になっている。

「わかった。暢気に構えちゃいられない。俺も近いうちに工場に顔を出すよ。コリンズは耳が痛いかもしれんが、一言忠告しないと気が済まん」

「何が気になる？　心の拠り所をとやかく言えば、コリンズだって怒るぞ」

「心配は無用だ。そこいらのことは心得ている。やんわり伝えるよ。ほどほどにしろってな」

肝に命じろ、平和を乱さないって……苛立ちをあらわにして電話が切れた。


サンチェス農場の収穫作業は夜たけなわとなる。切り取った葡萄の水分が少しでも多く保たれるように、気温の下がるのを待って収穫するのである。隣接するワイン醸造所に新鮮この上ない葡萄を供給できる寸法だ。

作業の翌日、眠気をこらえて君敏は朝九時に起きた。昼まで寝ているわけにはいかない。コリンズに気の重い説得を試みると決めたのだから。

農場の中で左ハンドル車に馴染んだおかげで、ようやく君敏は国際免許証を使う自信がついた。仕事仲間のメキシコ人リカルドからカローラを借りて、パロアルトを目指した。免許取り立ての頃のように緊張して胸がときめく自分にちょっと戸惑った。

クパチーノから隣りのサニーベールに出てマウンテンビューに北上。そしてさらに北に進めば、パロアルト市内に入る。ベイショアフリーウエイを利用すれば時間稼ぎになったろうが、スピードへの恐怖が邪魔をして、君敏は一般道を選んだ。

カリフォルニアの町なかでハンドルを握るのは初めてだ。電車の移動時には見過ごしていたこの土地の風景に君敏は出会うことになる。それは、道の両側に立ち並ぶ看板の林立だ。多種多様入り乱れてあり、その有様はまったく日本と変わらない。けばけばしくもあり、華やかでもある。

ホンダやカワサキ、ヤマハといった二輪車メーカーの看板が現れては消えていく。そのたびに、君敏はだんだん落ち着きを取り戻す。日本で見慣れた看板が、知らず知らず心に平穏をもたらしてくれたようだ。

落ち着くにつれ今日は何か手土産を、と珍しく気がきいた君敏だった。しかしコリンズが菜食主義者だと思いあたり、はたと困る。何を選んでいいのかわからない。けっきょく土産持参をあきらめ、手ぶらにならざるを得なかった。

パロアルトの市街地に入ると、君敏は二度道に迷った。おかげでかなり余計な時間がかかった。日光浴公園には行き当たらなかったけれど、それでもどうにかコリンズのガレージ工場にたどり着いた。エンジンを切り運転席で深呼吸をひとつすると、小躍りしたいくらい嬉しくなった。

コリンズの小洒落た車を横目に、君敏はカローラのドアを開けた。ボイラーの音やモーターの音は一切聞こえてこない。外見の様子からはまったくうかがい知れないガレージ工場。この中で、世界の常識を覆そうとする製品が作られている。しかもそのことを知る者は少ない。前途洋々たる未来に、君敏は熱い思いがこみ上げてくる。

やっと来てくれたね……笑顔でコリンズが迎えてくれる。隣で同じ年ごろの女性がにこやかに微笑んでいる。

「うむ、まあ……」

君敏は言葉が見つからない。予期せぬ女性の出現で出鼻をくじかれた。

「良一は今日、半導体部品の買い付けのためにサンフランシスコに出かけている。チンプンカンプンだった電子部品にもすっかり慣れて、半田ゴテの使い方なんかも板についてきたよ」

「……」

君敏がドギマギしていると、
僕のフィアンセを紹介するよ。そう言って
コリンズが首をわずかにひねり、女性に言葉を求めた。

「カレン・プラマーといいます。よろしく」

「長谷川君敏です。果樹園で葡萄の世話をしています」

「健康によさそうな仕事ですね。カリフォルニアらしいわ。あなたも確かどこかの農場で働いていたわよね」

青い瞳が葡萄の粒と重なった。コリンズがニヤリとして、

「気の迷い、ってやつかな」

「これからは農場よりガレージ工場のほうが、カリフォルニアらしくなるのかもしれません」

気の利いた文句は思い浮かばなかった。君敏は率直に自身の予感を述べた。

三人は黒板の脇にある白い丸テーブルを囲んだ。気をそがれて手を休める作業者は一人もいない。みんな受け持つ作業に集中している。

「部品の半田付けが苦手なら、他の仕事だってあるんだよ。量産体制に向かうこれからは、売り込み係だって要るからね」

「感謝だね、君には。ひょんな出会いを大切にしてくれて。でもさあ、僕は職人の倅なんだけど、どうしてか手先がとても不器用なんだよ」

「無理強いはいけないわ気に入ったことをしたほうがいいに決まっているもの」

カレンが心得顔で言った。

「正直、細かな手作業には向かないと思うんだ。自然相手の果樹園仕事が性にあっている。僕のことはともかく、君の座禅はどうなの、神髄にせまっているのかな?」

切口上にならぬよう、君敏は声をやわらげた。

「それは無理だよ。いま奥義を目指せば頭を抱えることになる。だいいち独りよがりの解釈は禁物だからね。そうならないためにも高僧の教えに触れたいと願っているんだ」

「高僧は日本のお寺の……」

カレンが口をはさんだ。

「そう。福井もしくは京都」

茶色の瞳が輝きを増した。

「そいつは本格的だ。理解を深めるには最上の方法だろうね。だけどその前にひとつだけ知っておいてほしいことがあるんだ。聞いてくれるかな」

君敏はしばしコリンズの反応を待った。表情に険しさの陰りが浮かばないのを見てとると、

「精進料理こそは菜食主義者の君にはうってつけだよね。文句のつけようがない。だから文句じゃなくて、僕の独り言だと思って聞いてくれたらいい」

「何かな、あらたまって」

コリンズが小首を傾げた。

「日本の現実だよ。そいつを知っておいてほしい。日本には仏教のお寺が何万とあるんだ。だけどそのうち日々の食生活を精進料理だけでまかなっている寺はゼロだと思う。平気で肉も魚も食卓にのぼっている。毎日なんだよ。こういう事実はコンピューターに入っているのかな?」

「腐敗堕落したのかな、それとも進化したのかな……まあ、在家と出家の違いだろう」

「長生きのためさ。君は在家だろう。生活者として信仰をもち、生活の中で信仰を深めてゆこ

うとしている。寺院内の純粋培養ではないんだ。おのずから制約はある。だから、あんまり禁欲的である必要はないんじゃないかと思うんだ。電子産業は常に激しい競争でしのぎを削っている。そんな荒波を渡って行くのに、果たして植物性食品だけで健康が保障されるのかどうか、僕には疑問だよ」

独り言どころか、いつの間にか押しつけがましい物言いになった。

「あなたは生来の菜食主義者よね。別に仏教の教義に合わせたわけじゃないわよね」

念を押すような眼差しでカレンがコリンズに語りかけた。

「そうなんだよ君敏。僕自身、何故かはわからないけれど、動物の命を奪う肉食には嫌悪感を持っている。養子先の両親の影響かなあ、幼い時からずっとなんだ。精進料理が先じゃないんだよ。むしろ、僕が惹かれたのは仏教の諸行無常という考え方だよ。あらゆるものは変わって行く。不変のものなど無い。宇宙や生物の起源には一切触れない。わかっていないのだから当たり前だよね。科学の心が通っているんだ」

「釈迦牟尼は死後火葬されたんだ。灰になって土に戻り、やがてまたいずれかの肉体として再生する。ちょっと無理のあるこじ付けだろうか？」

「生き物は土の恵みで誕生、成長する。土が命のみなもとなんだ。だから生命が土となって再生するという理屈は、科学にのっとった考えかただと思うよ」

コリンズに迷いなく認められて、思わず君敏は笑壺に入りそうになった。

「キリスト教では、天地創造は神様のお仕事。科学の出る幕はないのよね。しかもイエスキリストは礫、土葬のあと三日目に心身ともに復活したとなれば、科学はお手上げだわよね」

失望を滲ませてカレンが溜息をついた。君敏はカレンもコリンズと同じように、自分の心を育んだ教えに寄る辺なさを感じているのだろうかと変な気を回してしまう。

「科学が未発達の時代だよ。そうした物語をこしらえて、苦難にあえぐ人々を勇気付けようとしたんじゃないのかな」

神話の虚構性には、それなりに意味があるのじゃないかと君敏には思えた。なにしろ、自然現象に人間が翻弄され続けた遠い昔に作られた物語なのだ。

「教義の信憑性って、人によって感じかたは違うのよね。だからそういう細部に拘るのはあまり有意義ではないかもね。むしろ、人にも自然にも優しく生きなさいよという、あらゆる宗教に共通の心得こそ守っていきたいことかもしれないわね」

カレンが唇を尖らせた。教義より科学に帰依しなさいよ、とひたすら世俗の真理を押しつけたところで、なお一層忠実な信者は意固地になるかもしれない。カレンは強張っていた肩の力を抜いて、フゥーと息を吐いた。

溢れんばかりの科学技術が集うこの小さなガレージ工場。先んじる知識と技術の粋を集めて作り上げる革新の装置。無言でその作業に携わる人間は内心、様々な悩みにとらわれているのだ。その悩みを解消するのに、一役も二役もかいたいと、コリンズは願っているのだ。

「でもさあ、一部の信者など科学の恩恵を受けているくせに、未だに科学をボロッ切れのように踏みつけている。そういう不誠実にはついて行けないんだよ僕はもう」

「日本版天地創造神話もあるにはあるんだよ。昔々男女の神様が子作りに励んだ。その結果日本列島が生まれたという筋書きさ。ここまで荒唐無稽になると、微笑ましい限りなので教義なる代物からはほど遠い」

「おとぎ話ならおとぎ話で構わないんじゃないかしら。権威と権力による後ろ盾がなければね。キリスト教の旧約聖書にある天地創造とは明らかに性格が異なるわね」

「わかってもいないことを都合よく自分勝手に決めつけて、それを永遠に押し付けるような教義には帰依できない。わからないことはわからないという正直な教えこそ信頼に値する」

歯切れよい言葉。比類なき信念が、コリンズの口からほとばしり出る。

「君の信仰にケチをつけるつもりはさらさらない。座禅も気の済むまで極めたらいい。だけれども、仏教の殺生禁止の教えを守ろうとしているのなら、考え直してくれてもいいのになと思っただけだよ。余計なおせっかいかもしれんが……」

「自分の信念だよ。幸いこれまで健康に不安などない。日本の現実は現実として、君が教えてくれたことは頭の隅にしまって、このまんま菜食主義を続けるよ」

「君が隠忍自重を強いられているのでないなら耳障りな心配など無用だね。これ以上話していると、僕の化けの皮が剥がれそうな気がするから、この件はここいらで切りをつけるとしようか」

　決まりが悪い。もしこのまま話が続くとなれば、仏教をより深く理解し実践しようとしているコリンズに自分など到底太刀打ちできない。そんな焦りがにわかに君敏の心を揺さぶった。そもそも偉そうな忠告など、軽率の極みだったのかもしれない。

「君敏はあなたの体を心配してくれたのよ。他人は二の次。まずあなた自身、科学の前にもっと素直であるべきよ」

　いつの間にかカレンの目つきが険しくなっている。君敏は自分が思い違いをしているのかと不安になり、カレンさんは、菜食主義者ではないんですか?と訊ねた。

「私も肉はいただきません。魚の肉以外はね」

長良川河畔に位置する北野町。岐阜城を頂く金華山は東南方向に重々しく腰を据えている。八百津は遥かその先数十キロの山間の地、馬篭、妻籠、中津川、福島へと続く中山道木曽谷の入口だ。君敏からあの手紙が届いてから、長谷川重敏は毎日のように堤防の上から東の方を眺めるようになった。

もっとも九月上旬から月末までは、それも能わなかった。北九州から山口に抜けた台風十七号と本州中央部に居座る秋雨前線のせいで豪雨が襲ったからだ。長良川堤防が決壊して安八と墨俣が水につかり、さらに岐阜市内も床下浸水に見舞われた。生まれ育った町が甚大な被害をこうむったけれど、三か月がたってようやく元の姿を取り戻しつつある。

そして今日、この冬初めて岐阜城の屋根が白く雪化粧した。美しくも愛おしい風景だ。清らかなる川が流れ、優美なる曲線を描く山が横臥し、赫赫たる城がそびえる。母の懐に抱かれているような深い安らぎに満ちている。手痛い洪水の記憶は、未来への警鐘と受け止めるしかない。

今朝は年の瀬らしい冷え込みだった。いよいよ冬将軍の到来か……背筋に寒気が走りブルンと震えた。その震えを潮に踵《きびす》を返し堤防を下る。歩みを進めながら、重敏は昨日届いた手紙のことを考えていた。

豊橋の東愛知新聞社がまとめた報告書であった。クラウスナー夫妻の祈りにも似た願いが叶ったかどうか、ようやく区切りがつくのだ。そう思うと、年甲斐もなく重敏の胸がときめいた。封を切る鋏を握る手がひとりでにこわばった。

そのときめきが、胸を締めつけんばかりの悲しみに変わるのに、ものの五分とかからなかった。クラウスナー夫妻に豊川稲荷の厄除札を贈った女子学生は亡くなっていたのだ。終戦間際、豊川を襲った海軍工廠空爆の犠牲になったと結ばれていた。

母さん……重敏は手紙を読み終えた。お茶をすする美代子に話しかけた。涙はこらえたが、声がかすれた。

「豊橋の新聞社から、やっとこさ返事が来たよ」

「ひと月くらいたつんやね、問い合わせの電話してから」

待ちくたびれた重敏はひと月ほど前、厚かましいと自覚しつつも、東愛知新聞社に現状報告を求めたのだった。

読者でもないのに、読者係につないでもらうのには気が引けた。しかし臆病風に怯んではいられない。重敏は強気を通した。

「読者係の山本です」

年配者らしい声に何故かホッとした。

「杉原千畝さん。岐阜は八百津の方なんですよ、ご存知ですか」

係の知見を試すなんて軽忽驕慢の限りだ。相手は新聞記者なのに。重敏は口走ったあとで後悔がよぎった。

「戦前リトアニア公使だった方ですね。存じておりますよ」

冷静な応答に、ひとまず重敏の緊張はほぐれた。落ち着け……。

「杉原さんに助けられたユダヤ人が人探しをしています、力を貸してください。そういう内容の手紙を送った者ですが、その後どうなっているのかと思いまして電話を差し上げました」

「ええ、覚えております。掲載をお知らせせずに失礼しました。戦争中にあった心温まる逸話なので、躊躇なく紙面に載せさせて頂きました。岐阜にお住まいの、確か長谷川さんでしたね」

重敏は思わずほほが緩んだ。話が早い。

「二ヶ月近くたちますが、反応はありませんか?」

「今現在、三件の問い合わせがきております。その各々について、詳細を詰めているところなので、もうちょっと時間を要すると思われます。お待ちいただけませんか、あとしばらく」

「わかりました。お手数をおかけしますがよろしくお願いします」

「確かなところがわかれば、必ず連絡致しますので安心してお待ちください」

「どうもすみません。一介の名もなき市民の願いに応えていただき、恩に着ます」

「新聞は社会の公器です。市民の味方ですよ。お役に立てて、こちらこそ嬉しい限りです」

「恐縮です。今後ともよろしくお願いいたします」

そう締めくくって重敏は電話を切った。前途を照らす日差しが一気に差し込んだような気がして、胸の中に居座る重しがにわかに軽くなった。

「いや、ちょっと見直したよ」

受話器を置くと、この寒いのに手のひらが汗ばんでいる。重敏は苦笑した。時代をときめく新聞記者と口を利くなど、生涯にあろうなどとは思ってもみなかった。

なにをですか？と美代子が湯飲み茶わんを置いて栗きんとんをつまんだ。

「いやね、新聞記者というのも様々だと思ってな」

「是か非かどっちやね」

「だから、見直したと言ってるだろう。役人や政治家相手に一歩も引かぬ度胸の持ち主だ。てっきり庶民にも容赦ないかと思っていたけど、肩透かしを食った感じだね」

「読者はありがたいお客さんやし、そこいらのけじめは承知されとるはずや。頭の良い人たちばっかりなんやしね」

「力も金もない庶民だよ。普通なら我々なんぞ歯牙にもかけてもらえんだろうに……」

そこへ二人の会話を聞きつけた重敏の父富治が現れ口をはさんだ。

「提灯組合の会長のとこに、この前岐阜新聞の記者がきたようや。歴史や製造の段取りを取材されたんやね。見かけは銀行員みたいで堅苦しそうやったけど、口をきいたらとってもさばけた人やったと言っておらした。訊くと見るでは、まるっきり印象が違うがや」

それだけ言って、栗きんとんを二つ手にとり、また元の窓際に戻っていった。締め切ったガラス戸越しに透明な陽光が差し込む。その冬の陽が恋しくてたまらないようだ。

手紙の掲載を知って、一旦軽くなった重敏の胸の重しだったが、今日の手紙を読んですべてが逆転した。

証言者は彼女とともに岡崎城に出かけた仲間の一人だ。疑うべき余地などない。女学校の仲良し同級生六人のうち、三人が犠牲となって命を落とした。なんと痛ましい真実ではないか。知らないほうが良かったのかもしれない。重敏は唇をかんだ。

やりきれなさを感じつつ重敏は、いつか新聞で目にした大きな墓碑銘を思い起こした。それは、豊川海軍工廠への空爆で犠牲になった、二千五百人に及ぶ人々の名前を刻んだ供養塔なのだ。豊川稲荷の裏手にあるというその石碑に、きっと三人の名前が刻まれてあるだろう。そう思うと、勝手に目が潤んで悲しみに押しひしがれそうになる。

さりとて、悲しみに沈んでばかりもいられない。重敏は自身を奮い立たせ、次の役割について考えた。もしこの事実をクラウスナー夫妻が知れば……と危惧した。知った途端、我々以上の深い悲嘆と暗鬱の闇に引き込まれることは間違いない。

とはいえ、見え透いた口実をでっち上げるなど愚の骨頂だ。まして結果不明などと、あからさまな嘘に逃げるわけにもいくまい。

……君敏に任せるしかないのだろう。重敏は報告された事実をそっくり君敏に知らせようと決めた。縫い物で言えば、自分は仕付け糸だ。本縫いの糸は君敏の手中にある。天空海闊ならぬ我が身であればこそ、君敏の判断にまかせるしかないのだ。

ちょうど今時分は、春の桜祭りに飾る花模様の提灯が仕事場を埋め尽くす。しかも今日の段取りは、白生地和紙に絵付けを施す作業なのだ。それが幸いだった。重敏は作業中無駄なことに気をめぐらさず、仕事に没頭することができた。

夜中十一時を待って、重敏は国際電話を申し込んだ。サンチェス農場は午前七時。君敏を朝っぱらから気病みに追い込むのは忍びないが、こうなったからにはやもう得ない。

交換台から通話可能の応答があるまで、意外に時間がかかった。前回とはちょっと様子が違うと重敏は感じたが、それと時を合わせて交換台が呼びかけてきた。成功ですお話ください、と。

ようやくだ。東愛知新聞社から連絡があったぞ……重敏は冷静を保った。

「どこか具合でも悪いの？　ひ、ひずないい声になっとるよ」

「声どころか心もひずないわ。クラウスナーさんたちの悲しみを思うとな」

「そうか。かんばしい反応がなかったということなんだ」

ならいいんだが……重敏は一瞬の逡巡を振りはらって、

「亡くなっていたんだ。それも仲良し六人のうち三人の女学生がな。まったく、天地がひっくり返った。あんまりだよな」

軽い眩暈に君敏は襲われた。危うく受話器を落としそうになった。

「おい、聞いているのか」

「……聞こえているよ。夏時間が終って朝の六時なんだよ。みんなまだ寝ているんだ。まあ僕だけ目が覚めたけどね。悲しみが打ちのめしてくれたからな」

「健在の三人は、住所も氏名もわかっている。だけど本人の了解がなければ教えられないと新聞社は言っている。伝えたいことは以上だ。あとはお前が考えろ。料金高いのでもう切るぞ、構わんな」

「待ってくれと言いたいけど、突然の電話で頭が回らない、切っていいよ。面倒かけてすまなかった。また連絡する」

十二月から三月まで、葡萄園は農閑期を迎える。しかし、一切木々に手を付けないわけではない。枝の剪定というとても重要な作業があるのだ。陽の当たらない葉っぱをなくすために不可欠な作業なのだ。それと並行して土壌への施肥、雑草の駆除など、冬の間は木と土を守るための地道な工程を踏んでゆくのである。

今日、君敏は剪定作業の指導を受ける予定だ。切り取るべき枝の振りや長さを熟練者から教わるはずだ。待ちわびていたそんな日の朝、これも待ちわびていた知らせが父から届いた。その知らせは、君敏を失意の淵に沈ませた。

いっ時、全身から力が抜けて虚脱感につつまれたが、良一の存在が影を伸ばし、君敏を揺さぶった。すぐさま受話器を取った。

「おい、悪い知らせだ」

前置きなく君敏は告げた。

「どうした、朝一番やぶからぼうに」

だから……と言いかけて、君敏は声を飲んだ。それから、

「だから、辛い報告になると言っている。クラウスナー夫妻に頼まれた件だ」

「豊川稲荷のお札をくれた女学生だったよな。見つけてくれたのか？」

「豊川空襲の犠牲になっていた。悪い予感が当たってしまった。夫妻と列車に乗り合わせた六人のうち三人が犠牲になった」

「……そうか。痛ましい限りだ。兵士でもないのに無残な最後をしいられて」

「戦う装備もなく戦う意思もないのに、戦いの犠牲になった。不条理だな」

会話が君敏から言葉を手繰りだした。

「それにしてもだ、雲をつかむような話かと思ったが、よくやってくれたよ。ありがとうな。クラウスナー夫妻にどう伝えるか、頭が痛い難題だ」

「正直に伝えるに限るぞ。日本が空襲にあったことは二人ともご存知だろう。最悪の結果だって想像できるはずだ」

「そうだな。下手の射る矢は恐ろしい、と言うからな」

「？……」

16

サンフランシスコ湾南部に位置するフリーモントの空気は一年中乾燥している。西側に横たわるサンタクルーズ山脈のおかげだ。海からの水蒸気を、さして高くもない山々が通せんぼするからだ。町を東南に七百キロも行くと、砂漠の都市ラスベガスがある。ロスアンゼルスからはもっと近く、わずか四百キロで砂漠に行きつく。

乾燥した一年のうちで、十二月から三月は比較的しっとりした風がもたらされる。山火事を恐れなくてすむ平和な時期だ。昼間こそ十五、六度まで気温は上昇するが、朝は十度を下回る日もある。肌寒さを感じる。熱いコーヒーがなによりありがたい。

昼食を終えたリディアが、台所で洗い物に精を出す母親の脇に立った。今までの週末帰りとはわけが違う。持ち前の天真爛漫な振る舞いが影をひそめ、心なしか気鬱状態に落ち込んでいる。自身を偽れないリディアだ。

昨日、良一がもたらした哀切な知らせが彼女をそうさせたのだ。母にそれを告げるべきかどうか、アパートのベッドの中でも、サンフランシスコからフリーモントに向かうバスの中でもずっとそればかり考えていた。それでも答えは導き出せなかった。

「どうしたの、いつもの元気はどこに行ったのかな?」

夫人のほうから先に声をかけた。娘の悩み事が知りたかった。

「お父さんはあの曲がお気に入りなの。何回も繰り返し聴いているのよ」

リディアは返事をはぐらかした。

「サッチモの『この素晴らしい世界』でしょう。いい曲よね。口ずさみたくなるような歌だわ。しんみりしているけど悲しくはないわね。希望を感じるわ」

夫人は洗い物を終え、濡れた手をタオルで拭った。お湯の恵みに感謝するように、小さく手を合わせた。それからいつもどおり居間に向かう。リディアもそのあとについた。

「お父さん、曲に合わせて歌っているの。同じ歌詞のところ」

「わかるわよ、その文句。子供たちは私たちよりずっと沢山のことを学ぶだろう、というところよきっと」

「世代が進めば、もっと人は賢くなれる。という意味かしら？」

夫人は返事をせず、わけありげに肩をすくめた。

ブームボックスがテーブルの真ん中にどしりと座っている。ラジカセにしては大きなスピーカーが、しゃがれた声を出している。その声に重ねて父が、鼻ハミングで巧みに合わせている。

「テープ、止めてもらえないかしら、あなた。リディアの話を聞いてあげましょう」

壁にかかった額縁にチラッと目をやってから、夫人は寛ぐクラウスナー氏の横に腰をおろした。

目をつむったままクラウスナー氏は、腰を浮かせてブームボックスの電源を切った。それにあわせてリディアも、長椅子の真向かいにある個椅子に腰を下ろした。

母が自分の胸のうちを見透かしているかもしれない。そんな思いがよぎったけれど、もうここまで来たら後戻りはできない。

「カーター大統領って、やっぱり笑顔が素敵よね」

華々しい選挙が終わり、第三十九代大統領が決まった。政権交代のうねりがおきた。ピーナッツ農場を経営する民主党のジミー・カーターが当選した。彼の勝因は笑顔だという人が多い。リディアも同感だった。

「まあ、政治は笑顔だけではできないだろうけどね」

クラウスナー氏は眉をひそめた。

「ジョージア州知事を無難にこなした人だもの、心配はいらないわよ。それよりリディア……」

「わかったわ。世間話はそれだけにして正直に話します。あの額縁に収まっているお札のほうよ」

リディアは壁の額縁を見上げた。

「わかったの、あの学生さんの消息」

夫人は少し前のめりになった。何ケ月も待って、ようやく願いが叶おうとしている。でもそれは、ひょっとすると心を砕かれるような内容なのかもしれない。辛く悲しい予感が夫人にはあった。

「亡くなっていたのよ、その方。良一の友人の君敏が手を尽くして調べてくれました。新聞紙上で呼びかけて、読者の協力を待ったの。だから時間がかかったの」

「……そうだったのか。君敏が言っていた空襲のせいなのか？」

「そうです。海軍の工場が狙われて、そこでは二千人以上の人が犠牲になったそうです。戦う意思も戦う武器もなかった人たちなのに、むごいわ、許せないわ」

クラウスナー夫妻はしばし沈黙した。三十六年前、列車の中で交わした言葉と笑顔が、頭の中を走馬灯になってゆっくり巡った。記憶が祈りになった。

クラウスナー氏は黙ったまま立ち上がって窓際に移った。眼を細めると、サンタクルーズ山脈の稜線が白く浮かぶ。

「母さん、シベリア鉄道は長旅だったね。夏のシベリア、荒涼とした平原が続くばかりだった。でも、ウラル山脈の稜線が見えた時だけは何故か嬉しくなった」

「そうね。夏でよかった。本当にそう思うわね。ウラルを超えたらシベリアだもの。冬なら凍死していたかもしれないわ。冬のバイカル湖は二十五万人もの凍死者を飲み込んだ恐ろしい湖なんだから」

「二十五万人の凍死者って？」

リディアの顔色が変わった。血の気が引いた。初めて耳にする数字だった。

「話して聞かせたことなかったわね、あなたには」

「ロシア革命の後におきた悲惨極まりない出来事だよ」

クラウスナー氏がくるりと向きを変えた。

「赤軍に敗れた白軍の悲劇だったわね」

「そう。敗走する白軍の兵士や貴族や市民が冬のシベリアに逃避行を試みたものの、寒さに耐えきれずに全員が命を落とした。バイカル湖で二十五万人。バイカル湖に行き着くまでに百万人。夥しい数の犠牲者だよ。ただ死者数が正しいかどうかはわからない。生存者がいないのだからね。命がかくも軽んじられても、赤軍は一切救済の手は差し伸べなかった」

「人を人と思っていないのよ。ロシアが人の命を軽んずるわけは、ねえあなた、いつだったか真剣に話し合ったことがあったわね」

「そうだったね。結局、寒さへの憎悪かもしれないという結論だったね」

「寒さへの憎しみが敵に乗り移って、憎しみのあまり、底なしの残虐を犯してしまう。たとえその敵が自分たちとおなじ民族であろうとね」

夫人は壁の額縁に目を凝らした。それから瞼を閉じた。

「白軍のロシア人も神の加護を願ったわねきっと。日本の女学生も、仏の加護があるようにと真心いっぱい願ってくれたのよ。なのに、彼女自身は亡くなってしまった……」

夫人は力なくうなだれた。クラウスナー氏がすぐさま陽だまりから歩み寄り、長椅子に座って夫人の手を握った。

悲劇の地を経てたどり着いた日本。女学生たちの屈託ない笑顔。そして雲間から垣間見た富士の山影。抱いていた危惧が大きく後退し、明るい希望が芽吹いた喜びの時だった。なのに、もうあの女学生たちはこの世にいないのか。クラウスナー氏も言葉にならぬ悲痛な思いにかられる。彼女たちを助けられなかった我が身に腹が立つ。

幸運の種を自分たちが奪ってしまったのだろうか。ふと、そんな自責の感情が湧いてくる。戦争さえなければ……空襲さえなければ……人が人を愛する心を失わなければ……もしも、もしも、もしもの積み重ねが叶うならば、女学生たちは若やいだ生に終止符を打たずに済んだはずだ。

去年日本の天皇と皇后が、ディズニーランドを訪問した。アナハイムは歓迎と友好の空気に満ち溢れた。まるで日本と戦った歴史がなかったよう。つい三十年前の血塗られた歴史だというのに。歓迎の空気が充ちるなかで、クラウスナー氏はなぜか心がふさいだ。

決して忘れてはいけない。他人の幸せを願う心。リトアニアの日本公使杉原がそうしてくれたように、また、あの純真な女学生がそうしてくれたように。二人がくれた真心と尊い祈りの思い。

クラウスナー夫妻は固く胸の内で誓う。いつか時を得て、彼女が無残な死を遂げた地を訪ね、魂に語りかけたいと。

17

地球上の人々が、パンデミックの先にかすかな曙光を見届けた時、ロシアがウクライナに侵攻した。ロシア大統領は核兵器の使用までほのめかし、ウクライナを脅している。ただ、そうした戦意喪失目当ての脅迫にも拘らず、ウクライナの人々は俄然奮起し、すでに半年以上もちこたえている。

もちこたえつつも、ウクライナ国民の犠牲者は日ごと増え続けている。厳然たる事実を忘れてはいけない。兵士、市民の区別などない。無差別なのだ。戦う意思もなく武器も持たない人たちまで、理不尽にも命を奪われているのだ。

昼下がりのひと時、クラウスナー夫人は揺り椅子に収まってまどろんでいた。背後にあるテーブルの真ん中では、イマジン10からインターネット配信のライブニュースが流れる。世界の出来事が我が家の出来事と同様、手に取るように届く。

ウクライナは夜中一時過ぎだというのに、砲弾の炸裂音が絶えないと記者が報告する。

すでに一千万人に上るウクライナ人が、この国を脱出したとも伝える。今現在起きている様々なニュースが、時を置かず世界を駆け巡っている。

母さん、母さん、母さん。

ピーターは午後の陽射しの中でウトウトする母に、三度呼びかけた。そして三度目の呼びかけと同時に、クラウスナー夫人の右肩に自身の左手を添えた。

「……ああ、ピート。いたのね」

虚ろな眠りから目覚めた夫人が応えた。

「家からたった五分だもの、しょっちゅう来るさ。七十になったとはいえ、医者の端くれなんだしね」

その声が夫の声と重なって、婦人は目をパチクリさせながらピーターの顔を見上げた。夫と瓜二つの面差し。夫人は揺り椅子をわずかに揺らし、にこりと微笑んで頬を膨らませた。

「コロナワクチンが効いてよかった。メッセンジャーRNAのおかげだよ。この新しいワクチンがなかった百年前のインフルエンザでは、数千万人が亡くなったんだよ」

「世界中が地獄絵になったろうね。そんなに沢山の人が斃《たお》れるとなると」

「去年から蔓延した新型コロナでは六百五十万人が憤死しているんだ。アメリカでも多くの死者が出た。桁は違うけれど、それでも驚くべき死者数に違いはないよ」

「戦争がなくても、途方もない数の人が死んでいくんだね。命のはかなさを感じさせる辛い経験だった」

肩から放した手を、ピーターは肘掛けにある母の手に重ねた。

「それでも母さん、さすがのCOVID19の大波も、今年に入ってから次第に収まりつつあるようだから、そろそろマスクにさよならできそうだね」

鮮やかに浮かび上がるサンタクルーズ山脈の輪郭。ピーターはずり落ちそうな老眼鏡を押し上げた。白内障の症状が折に触れ現れる。いつの間にか年を取ってしまった。

「目はどうなの。早く手術してもらったほうがいいんじゃないの」

「父さんも、しょっちゅうここから山と庭の芝を眺めていたね。万霊節の十一月二日には戻ってくれるといいんだけどね」

「ユダヤ教に固執しなかった私たちには、自然が神様みたいに思えるのかね」

「それでいいと思うよ。自然を敬っていれば、心が素直に自省的になって他人に優しくなれる。戦争なんか起きないいんだ」

「自然の中でも、山の姿が特に気に入っていたようだわね、お父さんは。二人で日本に行った時も、富士山の姿にとても心を打たれたようだったわ」

在りし日の夫を懐かしむように、クラウスナー夫人は瞼を閉じた。

「あれは一九九一年だったね。リトアニアとラトビア、エストニアがソ連邦から独立を勝ち取った年だった」

「ほんとうに、何千年に及ぶ民族の悲願が叶った記念すべき年だったわね。ドイツも一つの国にまとまったわ。ナチスの時代に戻ったのは、ちょっと不気味でもあったけれど」

三十一年前、故国リトアニアを含むバルト三国がソ連邦から独立を果たした。二〇〇四年には北大西洋条約機構に加盟して完全に独立した。長年の悲願がかなったのは、共産主義の盟主ソビエト・ロシアが混乱の真っ只中にあったからだ。民衆内部から、瓦解の足音が高鳴りはじめていた。

そのあと時を経ずしてソ連邦が崩壊した。歴史が変わったのだ。レーニンの銅像が市民の手によって引き倒され、我々は間違っていた全世界の労働者諸君。我々は謝罪する。などというロシア市民の訴えが現れもした。ロシアに民主主義が生まれる。確かな期待が怒涛のように拡がり、やがてソ連邦は一党独裁から民主制へと移行した。労働者独裁を標榜したソビエト連邦は消滅したのだ。

一九一七年のロシア革命以来、沈みがちだったロシア人と連邦市民は欣喜雀躍した。抑圧？から解放され、人々は民主主義の成立を大歓迎し喜びに沸いていた。

世界が騒然としていたその年、クラウスナー夫妻は日本を訪ねた。紅葉真っ盛りを迎えた晩秋の一週間。三十一年たった今でさえ、夫人の脳裏には、日本を旅した日々が鮮やかによみがえってくる。

「あの年までは日本だけが史上空前の好景気で繁栄していたわね。今思えば夢のよう」

「ヨーロッパはロシアの混乱があって、我が国は湾岸戦争の悪影響があった。日本が漁夫の利を得たのかもしれないね。日本の会社がニューヨークのロックフェラーセンタービルを買い取り、経済的脅威が現実となって表面化した。アメリカ国民の自尊心を逆なでするような日本の経済活動が、頂点を極めた年だったね」

「だからと言って、私たちが日本行きをためらう理由にはならなかったわね。恩愛の絆を感じるお二人の魂に語りかけたいと、強く心に決めていたもの」

左右の眉尻に刻まれた皺がかすかに動き、遠い過去を見ているようだ。揺り椅子を一つ揺らしてから、夫人は肘掛けを握る手に力を込めた。

「良一が案内してくれたんだよね」

「そうよ。コリンズのとこから独立したあと、日本に戻って大成功していたのよ。忙しいのに三日間付き合ってくれたわ。横浜、神戸、舞鶴。どこも懐かしい場所だったけど、風景はガラッと変わっていたのよ」

夫人は控えめに声に出して笑った。失笑にも聞こえた。

「当たり前だよ。一九四〇年からは五十一年も経ったんだし、太平洋戦争だってあったんだからね」

「新幹線を利用したわ。東海道線の蒸気機関車とはまったく趣が違ったわね。乗り心地もバートなみで快適だったし、富士山もその雄姿が青空に映えていました」

シネスコの窓に富士山が姿を見せた。その時良一が、今日の富士山は一張羅をまとっている、と言った。興味をそそられた二人が窓外に目を凝らすと、八合目あたりの山肌を包むように白い雲が浮かんでいた。

「富士山だけじゃないのよ。岐阜から望む美濃の山々も美しかったわよ」

長良川と岐阜の町並みの彼方に浮かぶ淡い山影。それは薄墨が描く幽玄な水墨画そのものであった。

「君敏の実家には泊らなかったんだろう。娘婿の実家とはいえ、やっぱり気兼ねするからな。遠慮して良かったよ」

「長良川沿いのホテルに泊まったのよ。父さんと二人で清流のほとりを散歩したわ。透き通った流れを眺めていると、川底にある石たちが語りかけてくるようで、とても愛おしい気がしたの。ちょっと川風が寒かったけれどね」

百歳を迎えてなお衰えない夫人の記憶力。

辛い憂き目にあった人はやはり、認知症にかかりにくいのだろうか。ピーターにはそう思えてならない。むろん、自分がこうして母の記憶を呼び覚ますために、折を見て会話の機会をつくっていることも有効だと自負している。繰り返し繰り返し話しても、飽きることのない貴重な体験だったのだ。

「杉原さんの出生地にも案内されたんだよね。岐阜と豊川は絶対に訪ねたい場所だったんだもんね」

「君敏のお父さんが車で連れて行ってくれました。小高い山々に囲まれて田圃と畑が拡がるのどかなところでした。この環境が心優しい杉原を育てたと思うと、二人とも錦秋の山波に感謝を捧げていました」

「岐阜では温情感謝。豊川では鎮魂慰霊が大目的だったんだよね」

「そうだわね。杉原の墓所には行けなかったけれど、女学生の名が刻まれた供養塔には真心を捧げることができました。厄除札のお寺、豊川稲荷の境内近くにあったのよ」

駅からお寺の正門まで、クラウスナー夫妻は良一の後ろをついて歩いた。合掌しながら首を垂れるようにと、参拝の手筈を電車の中で教えられていたものの、二人には今一つ不安があった。

その不安を掻き消してくれたのが、参道に軒を連ねる土産物店だった。店頭に並んだ赤くて丸っこい人形たち。微笑ましい容姿なのに、どうしてか両目が欠けている。白目のみで眼球がない顔は、見ようによっては薄気味が悪い。

「あの人形さんたちはなんて言うのかしら？　両目がなくて、ちょっとかわいそう」

茶色のバッグから夫人は小型カメラを取りだすと、素早い動きで真正面からパチリとシャッターを切った。

「そろいもそろって目がないのには、何か意味があるのだろうか？」

クラウスナー氏がもの思わしげに首を傾げた。

「この人形はダルマさんと言います。手も足も出ない窮地にあっても、七転び八起きで諦めないようにという教えを説く縁起物ですね。手に入れた時に左目。願いが叶った後に右目を書き入れるんです」

余裕綽々の口振りで、良一は二人を店の中に誘いかけたが、とっさに思い直して、

「……帰りにしましょう。まず、お祈りとご供養が先ですよね。どうします？」

二人は顔を見合わせながら頷いた。

石畳の参道を進んで行くと、中ほどに建つ山門の両脇で睨みをきかせる二体の仁王像が目を引いた。そこでも夫人は素早くシャッターを切って、阿吽像をカメラに収めた。

引き締まったふくらはぎ。波打つ腹筋。大胆不敵な相貌。そして、憤りを露わにするかのごとき二つの大目玉。クラウスナー夫妻は仁王像が全身全霊をかけて、この世の不合理に怒り、

戦っているようにも見える。

「良一と一緒の写真がほしいわね。せっかくの機会だもの」

「そうですね。誰か見つけて頼んでみましょうか」

良一はさっきくぐった大門のあたりに参拝者を捜した。間断なく現れる人影を数分待つと、やがて仲睦まじそうな二人連れの男女が現れた。年が近そうで親しみがわき、二人が山門に近付くのを待って、良一から声をかけた。

「すみません、お願いがあります」

話しかけると、二人はまごつく気配もなく立ち止まった。

「カメラのシャッターを切って頂きたいのです」

「構いません。お安いご用です」

茶色のブレザーを着た男性が、はにかみながら微笑んだ。それから、

「アメリカの方ですか？」

と訊いてきた。

「ええ。お二人はカリフォルニアです。あなた方はどちらから？」

「あっ、僕らですか、僕らは岡崎です」

岡崎ですか……声を上げたのはクラウスナー夫人だった。

「電車から見ましたよ、岡崎城。幸運でした」

「岡崎城は必ず見えます。名鉄電車からはね。運不運は関係ありません」

「だけど、別の汽車からは見えなかった。五十年前の記憶ですが」

クラウスナー氏が怪訝そうに言った。

「五十年前も今も、旧国鉄線の電車からは見えません」

男性のひと言で二人はやっと長年の謎が解けた思いだ。女学生たちが汽車に乗り込んできたのは、名鉄の岡崎駅ではなかったという証明なのだ。

「よくいらっしゃるのですか、豊川稲荷さんには」

「私たちは商売、喫茶店をしているのでお正月は毎年参拝に伺います。商売繁盛を願って」

「……今日は特別なんです」

いくらか恥ずかしげな表情になって女性が続けた。

「妻に子供が授かったものですから、そのお礼と安産祈願に伺いました」

するとクラウスナー夫人は母のような温かな笑みを浮かべ女性の左手を握った。そして女性の目を見ながら、おめでとう、おめでとう、と繰り返した。

いっしょにカメラに収まってから、三人は白い大鳥居をくぐって本殿に向かった。

懐妊を喜ぶ二人は、寄進の手続きをすると言って、寺務所に向かった。

鳥居をくぐってから程なく、ゆるい傾斜をもつ本殿前の坂道になる。その坂道を登って行くと、本殿中央に見えている赤い提灯がだんだん大きくなる。最後に十段ほどの階段を上がり切ると、頭上から吊り下がる赤い提灯から、よく来たねと歓迎されているような気がしてくる。うやうやしく吊り下がった巨大な赤い提灯を見上げながら、三人揃ってゆっくり深呼吸をした。しばらく呼吸を整えてから、三人は本殿正面に向かい、申し合わせたとおり、百五円の賽銭を投じた。その手で合掌の所作に移って、なむとよかわだきにしんてん、なむとよかわだきにしんてんと二度唱えた。

「何をお祈りしましたか？」

本殿をあとにして歩み始めた時、良一が二人に問いかけた。

「それは秘密よね、あなた」

夫人がお茶目な表情になった。

「そうだね。口外しちゃうと祈りは叶わないというからね。ただ、戦争放棄につながる願いには違いないだろう」

クラウスナー氏が念を押すため夫人の顔を覗き込むと、夫人は、上目遣いでうす暗い本殿の奥を見やった

奥の院霊狐塚、と表示された階段を下りたところで、先を行く良一が再び不意に立ち止まった。

どうします？と言って二人を振り返る。

「女学生たちの供養塔まで連れて行ってくれるんだろう」

「厄除札ですよ。五十年前の柄とは違うかもしれないけど、今風の新しいお札を買いますか？」

「謹んでご辞退申し上げます。私たちにとって何より貴重なのは、女学生があの時手渡してくれたあのお札だけなの。お札に込められた美しい心映えなのよね、あなた」

「自身の幸運をわたしたちに分けてくれたんだものね」

「いいえ、すべてを捧げてくれたのよ。だから彼女は亡くなってしまった」

うっすら目を潤ませた夫人は、いつにもまして強く夫の手を握った。

奥の院と霊狐塚まで参道の両側には、しめやかな七福神の祠と千本幟が並ぶ。その幟が尽きる突き当たりのやや広い一画に、赤い涎掛《よだれ》けをまとった大小様々な狐の石像が集まっている。あまりに夥しい数の狐を前に、クラウスナー夫妻は目が回るほどだった。それでも夫人は忘れずに、手慣れた順序でシャッターを切った。

霊狐塚からちょっと戻って脇に入ると、ほど近いところに西側出口がある。そこを出ると、駐車場らしい広い空地があった。左手隅に三台車が停まっている。そのまま視線を右に移していくと、南中を越した眩《まぶ》しい陽射しの中に、背丈が数メートルもあろうかという石柱が凛とした空気に包まれて立っている。緑の生垣に囲まれたその石塔が女学生たちの供養塔に違いなかった。

夫人は歩みが小走りになりかけたのを思いとどまった。クラウスナー氏が夫人の腕をつかんだのだ。

「やっと来たんだね」

クラウスナー氏自身いつのまにか前かがみになっている。

「五十年かかったわね」

夫人が歩みを緩めた。

「石塔の周りに銘板があるようですよ」

先を行く良一が歩度を速めた。まさか、犠牲になった全員の氏名が石板に刻まれているとは思ってもいなかった。

「あの女学生の名前もここに刻まれているんでしょうね」

「そうだね。若くして命を落とした若者たちだもの。彼らに捧げる哀悼の念が刻みこまれているんだろうね」

高さ一メートルはあろうかという外柵の壁は四面。そこに刻まれた白い文字は、空襲の犠牲者全員の氏名なのだ。三人は外柵の周囲を巡り、犠牲者の多さを実感した。

分け隔てなくすべての人の魂に届くよう、三人並んで供養塔と記された石柱に手を合わせた。女学生の名を新聞社に訊かなかったことに後悔はなかった。更なる悲しみを家族と友人に負わせることは避けたかった。

祈るだけでいいのかしら？　合掌を終えてから、夫人が小声でボソリ呟いた。

「祈るだけでは変わらないだろうね。彼女たちの無念を晴らす力はない」

クラウスナー氏も弱弱しい言葉になった。

「弱気は禁物ですよ。現実をより良く変えていくように努めていくことが肝心だと思います。今のままでは事足りていない。もっともっと人間どうし信頼し合えるように、戦争などしなくていいように、正直な関係を作らなくちゃいけないと思います。コリンズの哲学の受け売りですけどね」

「確かにコリンズが作り出す製品のおかげで、世界はかなり透明度が増しているようだね。先はとてつもなく長く険しいような気もするけどね」

「果てしない挑戦でしょうね。人間の頭脳から戦争という回路を切断するのは。それでも、挑まないわけにはいかない。コリンズに続く人たちも大勢いますよ」

18

ウクライナでは九十年前、当時のソビエト・ロシア指導者スターリンの誤った農業政策により、数百万人が餓死に追い込まれた歴史があります。その歴史をロシアは再び繰り返そうとしている。

発電施設を爆撃破壊する砲弾の軌跡を成すすべもなく見上げながら、ライブ配信をする記者が絶望的な糾弾の声を上げた。

「戦争回路は、容易には断ち切れないようだわね。ロシアの独善が証明しているわ」

傾きかけた陽光を右の頰に受けて、クラウスナー夫人の頰が生気を取り戻した。

ライブ配信が届けるミサイル攻撃。ウクライナ国内にある電力施設をロシアが集中的に狙い撃ちしている。的を外れた流れ弾が民家に着弾して、犠牲者が多数出ている。手を緩めないロシアは戦争回路を暴走させているとしか思えない。

「憎むべき寒さを恐るべき武器に変えようとしている。ある時は寒さに苛《さいな》まれ、ある時は寒さに守られる。ロシアの抱える自己矛盾だね」

ピーターが手厳しい言葉で胸の内をあかした。

カリフォルニアに来て初めて、冬が好きになった。雪と氷のない冬が、こんなにもありがたく慕わしい季節であると痛感した。戦争の恐怖からも、氷点下血も凍る寒さからも解放された。クラウスナー夫妻には理想の土地に思えた。カナーンではなく、このカリフォルニアが。

一九四〇年、ナチスが迫るリトアニアを逃れ、ソビエト・ロシアを経て日本に渡った。命をくれた杉原の母国だと思うと、それだけで緊張が解け心身ともに穏やかになった。

戦争の足音は日本でも近付いていたはず。なのに人々は、異国からやってきた招かねざる客のわたしたちに寛容であった。無事を祈って心を寄せてくれた女学生もいた。おかげで静かなる勇気をもらった。

しかし今ウクライナでは人間どうしの絆を踏みにじるような醜悪なことが起きている。兄弟国と称して主権を打ち砕く。命をもてあそぶ。もっぱら独善に走る。正直な交わり、信頼の絆。それがなければ、優しい関係は生まれない。神に帰依した人間が、かくも残酷な所業にむかう。神はこの裏切りを許したもうのだろうか。

「ロシアの大統領はロシア正教の信徒よね。命をあだやおろそかにするなど許されないはずなのに……」

「恥じ入る気配もなく殺戮を続けている。電気やガスや水道の補給が困難になれば、戦闘以上に多くの犠牲者がでるだろう」

そう考えるだけで、ピーターは気持ちがふさいでしまう。何かウクライナを救う手立てはないものか。世界中の多くの人々が切歯扼腕している。ロシア国民とて例外ではないだろう。

突然、配信が緊急情報の合図音を発した。夫人とピーターは思わず固まった。コンピューターが一層切迫した調子になった。

「一報です。わが国でも変電所が攻撃された模様です。ノースカロライナからの一報です詳細は追ってお知らせいたします」

クラウスナー夫人とピーターはそろって愕然とした。よって立つ足元がひどく揺れ動くのを感じた。

「まさかロシアではないわよね」

「絶対にあり得ません。LGBTQとSDGsに嫌悪感を抱く人たちの仕業でしょうきっと。暴力をもって時代潮流を変えられるなんてのはもう、幻想です」

「ロシアと同じよね。幻想と化した戦争回路を、いまだに最後のよりどころにしているのよ。もうたくさん、いい加減にしなさいよと言いたいわ。人でなしの殺人鬼。自分の胸に静かに手を当てて、すぐさまウクライナの前に跪《ひざまず》け」

[著者略歴]
大島誠一
1949年（昭和24年）名古屋市に生まれる。大学中退後、版画・絵画製作を続けている。日動画廊グランプリ展入選を経て、名古屋市民ギャラリー他で個展多数。作品は抽象具象分け隔てなく、自由な創作意欲による。創作活動の土台は、あらゆる分野に通底するとの考えのもと、70歳にて文筆活動をはじめる。
[著書]『緑巡回』（2020年、風媒社）、『熱田台地』（2022年、風媒社）

装画・本文イラスト◎大島誠一
装幀◎澤口 環

戦争回路

2023年7月22日　第1刷発行　（定価はカバーに表示してあります）

著　者　　大島　誠一

発行者　　山口　章

発行所　名古屋市中区大須 1-16-29　振替 00880-5-5616 電話 052-218-7808　http://www.fubaisha.com/　風媒社

＊印刷・製本／モリモト印刷

ISBN978-4-8331-2117-0